# 伸懒腰的学问

余斌　著

广西师范大学出版社
·桂林·

# 伸懒腰的学问

# / 目录 /

## 第一辑 俗人俗事

## 第二辑 一笑了之

## 第三辑　到此一游

## 第四辑 瞎三话四

第一辑

# 俗人俗事

# / 失 眠 /

中学语文教材中选了台湾散文家张晓风的一篇文章，名为《不朽的失眠》，文章还有副题：给没考好的考生。是励志，也是安慰。文中的主角是唐代诗人张继，科考名落孙山，失意归家，道经苏州，于失眠中成诗一首，便是传诵千古的《枫桥夜泊》。这绝对是坏事变好事的范例：睡不着觉捡了个大便宜，居然有这样丰硕的成果。这样的好事从来没碰上过，虽说我对失眠的体验，应该不比张老先生少。可见要想成就不朽的失眠，先得是有不朽因子的人。故我对失眠的态度，总是倾向于拒绝而非接纳。

但失眠这玩意儿是最坏意义上的不速之客，不请自来，排闼直入，真正的“自来熟”，而且狎昵到轰也轰不走——若是能令行禁止，那也不成其为失眠了。正因难对付，保健书上就支出各式各样的招。最狠的一招是“不睡觉法”，不到眼睛睁不开，绝不上床；上床后十到十五分钟内不能入梦，马上下床。古人的问题也许没有现代人来得严重，但这一招他们是早就用了的，有诗为证。《古诗十九首》中《明月何皎皎》有云：“忧愁不能寐，揽衣起徘徊”；阮籍《咏怀》诗里大概是纪实，“夜中不能寐，起坐弹鸣琴”，其时“薄帷鉴明月，清风吹我襟”，心情颇好。睡不着觉而能有此雅兴，洵属难得。我修养太差，失眠了就烦躁无比。好像很小就有过“不寐”之事，大人教以最原始的法子——数数。还没数到上千，心思不知飘哪儿去了。成年后，失眠的机会更多，一度真是成病了，睡觉简直成为一件要命的事。别人推荐的招都用过，全不管用，到最后，只好吃药。但很短一段时间就停下不服。原因是每次服药之后，即静候睡意袭来，如若不是招之即来，马上大起恐惶：为何吃了药还不行？有此一念，再别想睡，两眼炯炯到天明。也曾尝试干脆不睡，无奈总有心思在睡觉上，睡觉的意愿与睡不着觉的现实，两者之间的挣扎弄得人疲惫不堪，有一种昏昏沉沉的亢奋。这点亢奋不够用来做事，只够用来着急。

想睡而睡不着，这是地地道道的“不由自主”。谁在替我们做主呢？古希腊神话里有睡眠之神修普诺斯，管的就是这事。据赫希俄德所言，这一位与其兄弟死神不同，轻手轻脚，对人甜蜜。他用树枝触动困倦者的前额，或者从牛角中洒出使人入睡的液体。那液体想必比药灵验百倍，但他也许只管洋人。我们的神祇里似乎没有专司睡眠的，只有《西游记》里孙猴子之辈偶或弄些瞌睡虫之类，小打小闹。所以我们的睡眠，大体上是谁也不管。

谁都不管，最后只好靠自己。我后来也悟到了，失眠这不速之客如同人来疯，越理他越来劲，索性不理他，自觉没趣了，或者自动就告退。最要不得的是跟他着急，一着急就坏事，好比抽刀断水，举杯消愁，只有加倍的难受。其实也是没辙了，只好逆来顺受，不想与古人以毒攻毒的路数，倒也暗合，只是我绝不下床。躺在床上看书，再迟也是好整以暇，权当没有睡觉这回事。必到睡意深浓，浓到灯也懒得关了，这才撒手弃书，蒙眬睡去。所以总是“床前明灯光”，彻夜不熄。如此这般，睡眠的质量可想而知。以欠觉替换了失眠，代价可谓惨重，故我对失眠的胜利，只能叫作“惨胜”。

# / 关 于 梦 /

“自古至人无梦”——似乎不做梦是得道高人的标志——据此绝大多数人倒是可以很轻易地鉴别出自己“妄人”、“愚人”，总之是普通人的身份，不再费心去幻想成为一个高人，因为我们隔三岔五不免要做梦，敢于断言自己从不做梦的人，几乎没有。

人人都做过梦，然而所梦各异，因此也就各有各的经验。也许除了做梦必在睡眠中之外，我们根据经验可以就梦境达成共识的唯一的一条便是，它是虚的。电影电视很能反映或利用这种共识，所以每当表现梦境，画面必先淡去，蒙昽一阵子，以示其“虚”。不过更能直观反映出我们对梦之形式的模糊想象的，似乎是古时的木刻画和后来的连环画。梦中最活跃的当数视觉，只是所见之物有形状却没有多少质感和质量，轻飘飘像气体，气体浮荡空中，所以我们总疑惑梦中所见是在我们的上方。画里的情形便是这样，多是一缕轻烟袅袅而上托着梦。如果哪个画家让梦境出现在画的下方，那恐怕很有被讥为缺乏常识的危险——梦怎么会在床底下?

也许正因为梦虚而不实，它反倒比其他想象更能挑逗人的好奇心。梦中藏着微言大义吗？不知道，至少人们愿意相信是如此。古人很认真地相信梦有预示的功用，所谓“梦境忽来，未必无兆”，所以替人详梦、圆梦可以成为一个很不错的职业。现今的人对梦已不是那么郑重其事，不过为数不少的人也还是喜欢说梦。我有位密友对奇奇怪怪的食物有特别的嗜好，前些时候她梦中吃到一种怪异的果子，数日后恰有熟人从广州带来一种叫不出名堂的水果，她尝了之后惊喜莫名，坚称与她梦中所食形状、味道分毫不差。又有一个朋友到西北旅游，在陕北的一个村子里惊呆了，因为那里的地形、房屋，包括一个大坑，简直就是他几年前的一个梦的翻版。我对这二人所说不敢怀疑，因为他们都不是神神道道、夸大其词的人。我只能说我自己的梦从来未曾应验。六岁那年要搬家，我在梦中倒是提前梦到了我家的新居，那是一幢小楼，没有一个房间，或者说整个房子就是一个大房间，里面空无一物，只中央有一螺旋的楼梯直伸到天花板，说这里是宝塔的内部也许更确切。不用说，我的新家与我所梦毫不相干。更说不通的是，梦的尾声也即梦的高潮，我在楼梯上疯狂地奔跑着，最后还是被一歹人追上，杀死了。

当然即使不信梦兆，现代人对梦也还有别样的探究，即如我的梦，也许心理学家就很乐意拿去做研究人的潜意识的材料。我很有几分相信弗洛伊德梦是潜意识某种显现的理论，有时甚至愿意相信梦如其人，但我极不情愿将这说法用在自己身上，因为根据我做过的梦去下判断，我很像是一个潜在恐怖分子。我记得最清楚的梦大致可分两类，一类是我被杀死，一类是我把人家给杀了。虽说我自觉从无杀人的冲动，然则潜意识之为潜意识，不正在其不为本人觉察、意识吗？幸而潜意识化为行动的通道幽狭纡曲，而在潜意识的出口处，我的“超我”想必恪尽职守，看管甚严，所以我至今尚未为害社会。善哉！善哉！

## /我的"另类"高考/

我实在是幸运的——恰在高中毕业的那一年，高考恢复了。学校读书的气氛骤然变得浓厚，"复习迎考"成为主旋律。我自然也被裹挟其中，但对撞上的好运却全无意识。

说来可笑，到那时为止，我对大学连最起码的概念也没有。"南大"、"华水"、"南师"都进去转悠过，在里面疯玩，对我而言，大学只是一些比中学大了好多倍的大院而已。我看不出大学和我有什么关系，也不知道上大学会带来什么别样的前途。从小到大，想过当兵、下乡、当英雄，就没想过上大学。在考上南大以前，南大的名教授我甚至一个也报不出来，只知道一个名人，叫钟志民，“走后门”进校门，自我反省后主动退学的，报上一直在宣传。此外关于大学的正面“知识”，大约就是来自一部名为《决裂》的电影了，片中有场高潮戏：身为党委书记的主人公怒斥以没有学历为由拒绝农工入学的教务主任，举起一农工长满老茧的一只手，激动地宣布：“这老茧就是资格！”

就因为无知，我对大学并无向往之情，相反，高考于我颇有几分节外生枝的意思，将来如何非我所计，眼前摆着的是，不能自在玩耍或是随心所欲地看书，得每天圈起来复习了。从上小学到这时，还真没正经上过多少课，起劲地还在“革命”。在学校的复习班里一堂接一堂的课，就觉百般难挨。大学就是这复习班的延伸吗？可能没人相信，即在那样的气氛里，我也极少憧憬考中的一日，倒时而悬想着下农村。

其实即使没有高考从天而降，也轮不到我上山下乡，我姐姐早就下去了，按那时的规定，我留城顺理成章。那毕业就该进工厂了，这却正是我惧怕的。几度到厂里“学工”，得出一个结论，当工人极无趣，数小时机械重复地劳动，下了班便作鸟兽散，各自回家。对不谙世事而又喜好扎堆的少年人说来，“学农”就要有意思得多，一大帮人吃住在一起，无人管束，笑闹不已。我想象的农场或“集体户”就是这样，近乎永远的夏令营。有本“文革”前出版的小说叫《边疆晓歌》，把知青生活写得田园诗一般，也在助成我的下乡之梦。最滑稽的是，高考前我还弄了本《儒林外史》在看，也看不出好来，但小说开头写王冕的那一段却深得我心，王冕岂不就在乡下，放放牛，读读书，好不自在。我擅自就把那惬意的画面拼贴到关于农村生活一厢情愿的想象中去了，也不管王某的阶级身份其实大有问题。

现在想来，如此醉心插队落户，应当还与它比当工人更风光不无关系，虽说人们私下里早看作是变相的发配了，报纸上却还在大吹大擂，学校里也在不停地动员。记得就在恢复高考前夕，学校还把我们一帮毕业班的学生干部拉到乡下搞活动，好几个晚上，老师在点了油灯的土屋里找我们长时间地旁敲侧击，巴望有那么个把学生跳出来，主动报名下乡，如此学校有了树先进的机会，不仅对上面有交代，还当得分不少。报名的冲动我早就有的，一度甚至与几个好友结成死党，信誓旦旦将来插到一起，“不求同年同月同日生，但求同年同月同日死”。这意向父母有点知道，有段时间他们忧心忡忡，一再告诫不可“头脑发热”。

“发热”之事终于没有发生，原因之一是我的死党们都已偃旗息鼓。高考一来，自然一切都另说了。不知道曾经的“发热”是否留下了后遗症，既然下乡在悬想中意味着或热闹或闲适的一种自在生活，日复一日的闷头复习委实让人受不了。当下的吃苦是要有日后前景作诱饵方能乐在其中的，不幸我不知道大学是怎么回事，对大学毕业后干什么也不甚了了，所以我的迎考一直在茫然中进行，有一搭没一搭。

结果是，一九七七年的高考，我名落孙山，比分数线低了两分。那一年我所在的四中考上了七十多人，高考录取率南京第一。压力顿时就来了，我感到万分羞耻，没脸见人。这成为以后几个月我埋头温书的主要动力。上补习班，请人辅导，大量地做习题，无非就是这些，没什么可说，接下去就该跳到结果，结果还算不错，我上了南京大学中文系。

领到录取通知书后的某一天，母校请我去给未来的考生作报告，同时被请的还有一位比我高两届的同学，毕业后分配到饮食公司，似乎是个先进典型。学校的意图很明显，请他，意在说明考不上大学不是世界末日，"一颗红心"可以"两种准备"；请我，是以我之例说明，一次考不上不打紧，可以一而再，再而三，终有成功一日。这安排似乎有些自相矛盾，因为到我嘴里，就有些"不成功，便成仁"的意思。其时正在一团高兴之中，大有"雄关漫道真如铁，而今迈步从头越"的豪情，又在读罗曼·罗兰的《贝多芬传》，遂大谈“扼住命运的喉咙”。“扼住”云云，大有咬牙切齿的味道，将自己大体是消极懵懂的高考过程“升华”为与命运的抗争，更是想起来就脸红。不过虽在懵懂之中，我的命运的确因高考而改变。没有高考，我大概不会在学校里教书，天经地义地与书为伴。我特别庆幸的是不迟不早，在那个时候参加了高考：早个十年，根本没有高考一说，迟上十年，则不得不面对天网恢恢的应试教育，不是复习几个月，是从小学起就得时刻准备着——老天，饶了我吧。

## / 想“发烧”/

好多词汇，如今皆有了新的含义，比如“发烧”，词典上的解释是：“因病而体温升高。”可是发烧友口中的“发烧”，绝对与体温无关。初闻本意之外的用法，以为是泛泛形容对种种消闲乐事发生兴趣以至于入迷，后来才知道，“发烧”实有特指，指的是对音响、唱片之类的热衷和讲究。

不到音乐本身之中领略贝多芬的英雄气息、巴赫的玄思妙谛，而在技术化的器材上耗精力，多少有舍本逐末的嫌疑。且醉心此道亦如迷恋花鸟虫鱼，无益（不关事业前途）而又无利（非比集邮之有望保值以至升值），难免玩物丧志之讥。只有怀疑派低姿态的论调可以拉来为其辩护——“不为无益之事，何以遣有涯之生？”不幸就在明白“发烧”一语的确切含义之后不久，我发现自己也“发烧”了。缘起是某次在一地道的发烧友家中听音乐，主人拿出一张海菲兹演奏的《柴氏D大调小提琴协奏曲》，小心翼翼放入刚搭起的音响。乐声方起，顿觉满室生辉，到高潮处，更有说不出的绚丽辉煌。此曲我早有一盒质量不甚好的音带，录音机上不知放过多少回，哪里及得上这一回听得荡气回肠？于是收起音响之类“是技术，不是艺术”的高论，暗想艺术和技术有时也可成就好姻缘。自此心旌摇摇，渐渐就有一些“发烧”的初期症状，比如见到报纸杂志上有品评音响、唱片的文章，必要细读，广播中有“音响天地”之类的节目，必要细听，又常跑音响商店，东张西望，转转听听之外，遇有内行论“道”，可以旁听半个钟点之久——自知还无切磋、商榷的资格，接受熏陶而已。又爱逛有唱片的去处，且不论是否“天碟”，又或“轰天绝版”，偶尔碰到名曲而兼名演奏，也就买上一二，如此慢慢也积到几十张。音响却还是没有：唱片固然是旧说部中所谓“散碎银两”即可发付，好音响却是非大宗款项不办的。

然而“虽不能至，心向往之”，时常还是往音响店里跑。流连于各种牌号的功放、音箱、唱机之间，或者会有近在咫尺、垂手可得的错觉，其实那结果却是好音响之梦分明愈见其渺茫了，因为看得越多，听得越多，胃口便膨胀得越大，不消说，胃口越大，越是力所难及。有一回一店家玩了个吊人胃口的噱头，将各档次的发烧器材聚在一处，垂下标签，分别标以“三十八度”、“三十九度”、“四十度”的字样，令人莞尔一笑。屈指算来，即使瞄准了三十八度，我的本钱也还在“同志仍须努力”的分上。据说身体本钱好者，不病则已，一病即是高烧，体质差者只配连绵不断地感冒、发低烧，因想这“发烧”亦如那发烧，须有大本钱才可望一发即往“四十度”上跑。

如此蹉跎下去，实在不是了局。家中那一位首先不耐烦了，始而指了一摞唱片笑话“不买马，先备鞍”的愚蠢，继而攻击“追求完美”的虚妄，最后是劝导：与其空想发烧，不如暂且感冒——弄一套可以凑合的，且听着。那理由，如果可以有几分“亵渎”地套用雪莱《西风颂》中著名诗句的格式，就可大致演绎成这样：“既已感冒了，发烧还会远吗？”此话听似有理，实则不单与今日“购物学”上流行的“一步到位说”相悖，而且很可能把一点盼头也弄没了。所以我不为所动。只是这一番理想与实际、“感冒”与“发烧”的冲突让我恍然，实际上我尚不足以言感冒，更不必谈发烧——想“发烧”而已。

# / 遇 /

“可遇而不可求”不知算不算一句成语，我一直觉得此语特别的妙。有些事情是可以力致的，有些事情则只可“遇”。

大学三年级的暑假，独自一人骑了自行车往广东那边游山玩水，一路上走走停停，有天傍晚到了福建的莆田，歇在县体委招待所里。莆田是个小地方，晚上也无处可去，吃了饭便伏在二楼的栏杆上望呆、乘凉。下面的操场空荡荡、黑漆漆的，四周静悄悄，只有远处隐隐传来人声，很有几分无聊。这时听见身后的房间里有人在调收音机，过一会儿就有一阵优美的男高音从门缝里飘出来，我听出是斯苔方诺在唱《重归苏莲托》。这歌是极熟悉的，起初无意地跟着哼了几句，不知怎么就忽地住了口，鼻子一阵发酸。出来二十多天，一直无人相伴，倒也并不感到孤单，可是这一刻，在走廊昏暗的灯光下，似乎有种叫作乡愁的情绪油然而生了。歌声缠绵摇曳着，我傻站在门外听，竟至于汪然出涕。

以后我又多次听过这首歌，而且是激光唱盘，在很好的音响上，可是感觉似乎再也没有那个晚上它从门缝里飘来时那么动人了。

又有一次，是几年前的冬天吧，有天傍晚去买菜，见天阴沉沉像是要下雪的样子，想起“向晚天欲雪，能饮一杯无”的古诗，一时兴动，匆匆买了些东西就折回头，拉了邻居吃火锅、喝酒。忙乱的当儿，窗外真就下起雪来，待火锅上了桌，热气腾腾的，确有几分围炉夜话的气氛了。我和那邻居虽是同事，平素来往并不多，那晚上闲谈些各自经过的事、读过的书、佩服的人，竟都兴致颇高，大有酒逢知己之感。事先没准备，酒至半酣，瓶见了底，菜也没了，于是又各自倒腾出些残酒剩菜，正是“草草杯盘共笑语，昏昏灯火话平生”，最后尽欢而散。

那一次夜话留下的印象太好了，以致不久吃了一次乏味的饭局之后，我便发愿同他再像那晚上那样来上一回。果然也就办了。又是一个雪天的晚上，备足了酒，有更丰盛的菜，还另外邀了几个朋友一起热闹，然而不知为何，兴头没那么高了，话没那么多了，甚至胃口也没那么好了。

也许心境是只能“遇”的吧？只可“遇”的事是一次性的，一次性的东西不能复制。有意去复制，那就不是“遇”，是“求”了。

# / 尴尬 /

《红楼梦》有一回叫“尴尬人难免尴尬事，鸳鸯女誓绝鸳鸯偶”，写贾赦想纳鸳鸯为妾，在贾母处碰了一鼻子灰。还是念大学的时候，与一个朋友聊《红楼梦》，不知怎么说到这一回，他说“尴尬人”当然指贾赦，我则以为分明是指邢夫人，因为这事都是她出面，在鸳鸯处碰钉子，贾母给脸色看，都是她，而且这一回又说到她愚顽，好使“左性”。争了半天，并无结果，也就过去了，到现在也并不知道确解。

我对这一回印象深刻，还因为是从这里才知道“尴尬”二字怎么个写法，过去口里常说，却不会写——也见得这个词是很口语化的了。自从会写之后，“尴尬”二字便时时往来笔下。我很清楚地记得，第一次写在纸上是在大学毕业的时候。那时大家都在忙毕业分配，系里分别找谈话，听取各人的志愿，问到我头上，我十分掉以轻心地说，我只想能到处跑跑，即是希望未来的工作也有旅游之便。没想到我的话可以做那样的理解——分配方案出来，我被分在了地质局。中文系毕业要去地质局，我当然大为懊恼，但也无可说得，因为是我自己要“跑”的，虽说再无跑到地质局的意思。各奔东西的前一天。十几个分配中的失意人在一处行“最后的晚餐”，真是“举杯消愁愁更愁”，谁都是一肚皮的牢骚，同时也都觉着无聊。后来有人出了个主意，说每人随便写一个词，然后交给另一个人，看看这些不相干的词可以拼凑成什么东西。于是便分头写，写什么的都有，包括国骂，负责造句的人也真有本事，居然给联成了顺口溜，前几句记不得了，只记得最后一句是“老子受罪活尴尬”，我觉得很能代表我的“心声”。里面的“尴尬”便是我交的卷。

我一直觉得“尴尬”二字很有几分微妙，妙在哪里却说不明白。《辞海》释“尴尬”曰：“对人说，指处境困难或行为不正；对事说，指事情棘手，不易处理。”作为“字典义”，没有什么不对，却终觉不能尽其妙。我总模模糊糊地以为“尴尬”特能道出一种感觉，一种哭笑不得的感觉。不是很严重，严重了就唯有“哭”，“笑”不出来了。感觉的事无法下定义，只好举例说明。曾在杂志上读到一位老教授的小品，写他到学校的浴室洗澡，在池里遇见教过的学生，学生颇懂礼貌，恭敬问好。若是平时冠戴齐整，自会坦然受之，此时骤然“赤诚相见”，他竟有点手足无措了。他那时的感觉，我想恐怕只好以“尴尬”来形容。再比如，我们这里有些单位的男厕所颇有隐蔽不够之憾，有时当着小便池竟是一排无遮无拦的大窗，如厕的人固然可以一边小解一边悠悠然看窗外景致，但如果恰好有位女士从窗外走过，又恰好不知就里，眼光无意中扫到这边，四目相对，则双方的那份不自在，不叫“尴尬”叫什么？

我想起的另一个贴切的例子出在朋友A君身上。此君颇有爱美之心，见到漂亮的异性，不免要多看上两眼。有一次走在路上碰到老同学夫妻俩，老同学的夫人是个美人，偏偏他没见过。远远望去，他只顾了对不认识的那一个“惊艳”，对认识的一个却视而不见，直到走近了老同学向他打招呼，他才幡然醒悟。老同学并不怪他唐突之罪，心下还暗有几分得意，他也无从告罪，但在那一刻，我想他必是尴尬透了。

# / 骨鲠在喉 /

马克思有段名言，过去滚瓜烂熟的，此时想要引证，居然没影子了，不过做下面的引申决无歪曲的嫌疑：同一句话，真正经历过的人与无甚经验的人说出来，理解是不一样的。这话千真万确。比如“骨鲠在喉，不吐不快”这句，没让鱼刺卡过的人说来，比起有过不幸遭遇的人，就如隔靴搔痒，缺少真切的痛楚相伴。另一点是我自己一再发现的：这世界上有好多角落，未进入之前，对我们就像不存在。还举鱼刺的例子：在我领教被卡的滋味之后，才知道居然有好多人都有为此上医院的经历。

“如鲠在喉”、“骨鲠在喉”……同样的意思古人那里小有出入的表述多了去了，发明人肯定都在鱼刺上栽过，否则不会有话憋不住，不说不痛快就拿鱼刺说事。没查考过他们都是在什么鱼身上吃的苦头，想来都是特鲜美的鱼——越是上品的鱼越是刺多，所谓“上色鱼”。不必说鲥鱼了，刀鱼、白鱼，细皮嫩肉者，必浑身是刺，仿佛在用增加难度的办法让美味益增其鲜美。问题是，我是栽在酸菜鱼上。酸菜鱼大多是青鱼中段上下的鱼片，都是排列规律的大刺，还让卡住，全因吃鱼与说话并举。从小到大，这方面的小灾小难实属寻常，鱼刺“在喉”的时间通常不超过十分钟，使劲咳，咳出来，大口喝水冲到肚子里去……不是“不吐不快”吗？吐出来，或咽下去，也就罢了。

然而并不是想吐就能吐出来的。过去也曾听说过找医生弄鱼刺的，都是引为笑谈，就像大活人让尿憋死了，或相声里说的让鸭子踹了一脚那么搞笑。可这次，咳，用水灌，甚至还辅以喝醋软化鱼刺。无奈那根刺就是盘踞喉间，抵死不动。起初我不以为意，不仅饭菜照吃不误，还指望饭菜将鱼刺裹挟而去。一顿，两顿，一天，两天，就是不见动静。我觉得稀的干的沿细细的食道而下，跟推土机也差不多了，不会留下半点缝隙。稀的也就罢了，如同随物赋形的水，从鱼刺旁边流过，干的则是固体的推进，怎么也奈何不得它呢？它也不是“一夫当关”，其他东西只管通过，它则挺在那里，病人不算，健康人的食管里，大概也只有鱼刺能做如此长久的停留了。想到一异物横亘在那里就觉不对头，关键是其存在格外分明：咽喉疼痛，咽口水则如针扎，逼着你把它看成心腹大患。我知道也就一根针粗细那么点小玩意儿，可无时无刻不在提醒你：“我还在呢！”

到第三天我坐不住了，自力更生不行，只好借助外力。也在这时候，知道了许多骨鲠在喉的故事，最恐怖的是，有人还因此丧命，这让我对鱼刺的态度更加严肃起来，再不以为因鱼刺上医院是桩可笑的事。此外在医生面前，我也放弃了任何美学方面的考虑，照吩咐，仰头张大嘴，自己用块纱布裹住舌头，用力往外拽，并且十分艰难地发出“噫——”的声音。那肯定是我们能够扮出的最丑陋的样子之一，近于小时说的吊死鬼，而从口里发出的声音亦不类人声。然而我尽可能地将舌头拉长，以期咽喉的充分暴露，同时噎得半死地“噫——”下去。呜呼！骨鲠在喉，不得不尔！

## / 邂逅老鼠 /

若是可以根据卡通片、动物故事之类下判断，人对老鼠是很喜欢的。不拘是美国卡通片里的老鼠，还是中国民间花纸上“老鼠成亲”之类故事里的耗子，都极伶俐可爱。然而出了想象的世界，老鼠便由可喜一变为可厌，我们虚拟的那份善意也就化作了敌意。不知老鼠对人作何感想，想必是“恨得要命，怕得要死”吧？可以肯定的是，它们不会在仇恨之余，又把人想象成一种可爱的形象，也不会想到人有时对“鼠辈”的它们也会心存忌惮。

我曾住在一幢集体宿舍式的破旧楼房，里外

常能见到老鼠出没。其活动场所，一是阴湿龌龊的厕所，一是外面散发着恶臭的垃圾堆。我没想到这些老鼠中的一只会溜进来造访我的家，而且敢“欺上身来”。是有年夏天，一天夜里，人已睡去多时，蒙蒙眬眬觉出有什么东西细碎、轻捷地从腿上过去了，因为没盖任何东西，那异样的感觉特别地真切。一骨碌爬起来开了灯四处看，一时也看不见什么，只听见响动。塑料地板用得年头久了，发脆发硬，那声音特别清晰，一阵一阵，突兀、紧张、神经质的脚步声。我终于从一道灰影里看出那是一只肥硕的老鼠。它显然被突然大亮的灯光吓懵了，不停地窜来窜去。可笑的是，我居然也有些紧张，虽然明摆着，它对我构不成任何威胁。我不知该拿它怎么办，逮是别想逮住它的，而且真想到将它打死也别扭，将蚊子拍得血肉模糊似乎并没有什么，想到脚底下踩着肉乎乎的老鼠却让人起鸡皮疙瘩。最后我决定按兵不动，静观其变，盯着床边窗户掀起的一角窗纱，巴望老鼠“来处来，去处去”。一边等，一边想。现在的人神经是脆弱得多了，过去人住的旧式房子老鼠是常客，甚至可以说是家里的梁上或“地下”成员。我小时候也可以听着老鼠的爬搔安然入梦，如今只要知道屋里有一只老鼠，简直就别想睡成觉。

好在那位不速之客如我所愿，最后翻窗子走了。到了外面它想必只顾庆幸自己终于得脱险境，再不会想到，床上躺着的那个庞然大物竟会因它的离去而松了一口气。

## / 当 没 有 香 烟 的 时 候 /

有些事情，真正是“不足为外人道”的。这有两层意思，一是“非此中人，不足道也”——讲了也不懂；二是其琐屑的性质——事至细微，不足挂齿，不值一提。资深烟民手边无烟，弹尽粮绝时的惶急，就属此种情形。当此之时，个中人固然坐立不安，如热锅上的蚂蚁，不抽烟的人却很难有理解的同情，顶多是宽容地一笑了之。另一方面，临时性的断顿只是一时的难受，不抽烟不单死不了人，而且对抽烟者的健康只会有好处，那还“道”个甚？

对资深烟民而言，那一刻却真正是难熬。烟

瘾之为“瘾”，正如别的瘾一样，发作起来整个难以抵挡。不是说不能忍，所谓“忍过事堪喜”，但这有一个条件，便是不给一点希望，彻底绝了念。比如火车上、飞机上现在已是绝对禁烟了，长途飞行，数小时乃至十小时以上一口不抽，忍了也就忍了，要补偿也是落了地之后。无他，这是有心理准备的。突然的断顿却是“猝不及防”的性质，若说禁烟属不可抗拒的“天灾”，自己弄到一烟不名，就绝对属于“人祸”的范畴。——多半是对存货疏于计算，若是正当深夜，你知道的，也不过数小时，即可“再续香火”，十多个小时忍得，一时半会儿就忍不得？然而你还知道的是，某个便利店里，各种牌子的烟就在架上搁着。就是这点希望让你不能“复忍须臾”，立马就要专程去找补。

有次在网上与一海外的同学聊天，不觉间已是深夜，摸烟盒时，发现里面空空如也。忽然间谈话就变得难以为继，开始团团转找烟。有来言无去语，那边马上就觉察了，待知道端的，不免就要调侃，比为毒瘾发作。我不知道毒瘾犯了是何种情形，我只知道想抽烟、允许抽烟而手边无烟时，不夸张地说，几乎是百事俱废。

因此我有多次深夜下楼，跑老远买烟的经历。搁在白天，问题解决起来就要容易得多。有时有事在身不能去买，或须臾不能忍受，还可有变通的办法，比如说，向其他抽烟的人讨。

我发现与别事不同，烟民向人讨烟，并无心理障碍，而且两造里都知道，肯定是有借无还。有道是“烟酒不分家”，至少在吸烟上，烟民比其他人群更有“共产”的倾向。酒的分享，大体尚限于熟人之间，烟的分享，却可及于路人。这上面似乎是不分东方西方的。在威尼斯火车站，就有人向我讨过烟，并且一而再，再而三。那人是个夜宿车站的流浪汉，似乎另当别论，不过在纽约街头，也曾有过衣冠楚楚之辈甚或女士上前索烟的，尽管态度上要礼貌得多。

讨烟的对象，当然也是抽烟的人，烟民的身份比别种身份更具“公开性”，一烟在手，顿时暴露无遗，而此时的“身份认同”，比其他任何的“认同”都来得简单直接。至少在断顿的那一刻，吸烟的冲动可以让其他的身份暂时靠边。某次课间，忽发现身上无烟，这是我最需香烟的时刻之一，不免抓耳挠腮，到楼梯口守着，切盼有烟民经过。过往的教工模样的人不在少数，却无一且行且吸者，不摸底细，“身份”不明，总不能莫名其妙向人家讨。正焦躁间，发现班上几个男生在墙角吞云吐雾。大喜之下，也顾不得矜持了，过去就讨要，学生连忙奉上，且对烟的不够好大表歉意，一面几个就在那里窃笑。

这时候，要想让师道尊严维持不坠，的确是难了点。

# / 错 别 字 /

谁也不敢夸口说自己从来不写或者念错别字。汉字难记，难写，难读，难认，所以新文化的先驱们为了启蒙，曾经有废除汉字之议。但是汉字源远流长，而且自有她的好处，等闲碰她不得，恐怕我们只好长久地同方块字周旋下去。“常在河边走，难保不湿鞋”，稍不留意，极寻常的字也会写错。比如“黄”字，中间到底是个“田”还是个“由”？许多人于那一竖出头不出头未尝留意，若不出头写出来便似是而非。又如“已”、“己”、“巳”，字形相似，最后那一笔长一点短一点，竟有大意的时候，而长短之间，真是“差之毫厘，谬以千里”。在这上面用电脑的人是占便宜了，机器可喜地剥夺了他们犯错误的机会，因为字库里压根没有错字的存身之地。哪一天大家都用电脑来处理文字，错字也便绝迹了吧？

但是电脑不能助我们避开别字的陷阱。说起来我们写别字的时候恐怕比写错字的时候更多，而且往往是写惯了，习焉不察。写错之外，我们还常常念错。比较起来，我宁愿写错，不愿念错。写东西，若是供发表的，即使错了，还有编辑把关，可以替你防“患”于未然，等于是你和编辑之间“私了”。念错却是一次性的，所谓“一言既出，驷马难追”，如果是在公开场合，那就无异于当众出丑，——想“私了”也是不行了。大学二年级的时候有一门“联共党史”课，按说任课的老师几乎天天要在课本上、教案里与斯大林同志照面，其名讳是再不会念错的，不知为什么他偏偏把“约瑟夫·斯大林”念作“约琴夫·斯大林”，而且一而再，再而三。当时堂上就有窃笑声，他亦不觉。“琴”、“瑟”二字相去太远，似乎不大有念错的可能，所以他可能是看错而非念错。但是我们当然不管这些，这笑话时常挂在嘴上，那老师的名字也不叫了，说起来都管他叫“约琴夫”。

我是笑得最起劲的人之一，不想几年后得了报应，笑人的变成了被笑的。这时我也开始吃粉笔灰了，有次上课扯到文章的境界以朴素为高，掉了一句文：“绚烂归于平淡。”真应了“秀才念字读半边”的老话，我把“绚”读作了“旬”。话一出口就觉下面动静不对，抬眼看时，听课听得无精打采的学生皆变得双目炯炯，“幸灾乐祸”的都是一脸忍俊不禁的表情，也有“与人为善”的，轻声提示地叫着；“念 xuàn，念 xuàn”。

仿佛记得《围城》中的方鸿渐悟出过一个道理，大意是学生对老师做得到公正，宽容包涵之类是不要想的。以己度人，我想没准那些学生碰到一起，还会提起我那次出的洋相吧？

## / 师　生 /

“师生”这个字眼每每使人产生师生一体的错觉，实则老师与学生正像上级与下级、长辈与晚辈、老板与打工的一样，是一对矛盾的两个方面。中国人喜将种种人际关系皆比附为一种家庭关系，做家长的有时理论上也就要求小孩对老师如事父母。可家庭内部原本也就是一团矛盾，父与子的关系在中国不像在西方那样紧张，暂且不论，单说非血缘的，婆媳之间，岂不就天然地存在着几分紧张和敌意？

老师与学生不像婆媳间有那么多琐碎摩擦生出的别扭，“积怨”谈不上，不过“你们是你们，我们是我们”，泾渭分明。老师或有蒙在鼓里的，学生在这界限意识方面却是开窍甚早，且决不混淆。即使小学生也无师自通地知道，小哥们小姐们若是闹了不愉快，最好是关起门来自己解决，报告老师不仅显得无能，而且形同告密，极不光彩。在学生心目中，老师往往扮演的是念紧箍咒的角色。固然并非凡是老师拥护的，他们就反对，然而遇到增加作业、考试之类，他们百试不爽是“坚定不疑”的反对派，而这时师生的阵线也就变得格外分明。至于私下议论到某个众人不喜欢的老师，那就更须立场坚定，否则很有被目为“亲敌”分子的危险。

有的时候，老师和学生的关系就像猫和老鼠——考场上最能体现这比方的形象生动：一面是复习未周答不出题的学生抓耳挠腮、左顾右盼，正待伺机而动，一面是监考的老师胸有成竹，虎视眈眈，要将有越轨举动的人一鼓成擒。当然这样的严重局面并不多见，更多的时候老师和学生的相克相生倒是近于游戏。在这游戏中老师的优势显而易见。都说分数是学生的“命根”，真是如此，老师就握着生杀予夺之权。所以即使在不怎么讲究师道尊严的今日，学生对老师还是存着三分畏惧，最顽劣的学生在老师面前也要表现得恭敬有礼。然而这只是出于“畏”，如果对老师有“敬”的话，敬也不在这里。老师偶或听到学生背地里大不敬地直呼其名甚至冠以不雅驯的绰号,必是大为恼怒,事实上学生无“权”无“势”,他们反抗教师权威的最佳选择，莫过于尽情地表示他们的“不敬”。遇有合适的机缘，这样的不敬会公开地表现出来，比如老师念错了字，说错了话，又或出了其他洋相，原先沉闷的课堂会忽地“满室生春”，学生一概地欢欣鼓舞，——其他人犯了类似的“错误”就远不能带来如此巨大的快感。我至今仍记得中学里的一堂课，在我们头顶上那间教室里讲物理的老师不慎踩中一块朽坏的楼板，一只脚穿楼层而出，越“界”出现在我们教室讲台的上方，那老师拔了几次居然拔不出，看着悬宕着的那只脚一伸一缩，全班学生莫不幸灾乐祸、兴奋不已。换作学生出洋相，当然也可乐，然倒霉的若是老师，欢乐就会翻倍。

当然通常情况下，学生的反抗只能处于“地下”状态。学生固然“畏”老师，但老师若是能窃听到学生私下的品头论足，必也感到“人言可畏”，或是“后生可畏”。这里尽是些尖酸刻薄之语，老师的一言一动，乃至长相、衣着、口音，无一不有可挑剔之处。不要指望学生留情面，像《围城》里方鸿渐悟到的，学生对老师决无宽容。但是学生也有平心而论的时候，这时候说到某老师是草包，某老师水平尚可，苛严之外倒也不失公正。不宽容，有公正，学生私下的褒贬因此有几分像在野堂的“清议”。

婆婆都是媳妇变来的，老师则都是学生出身。我为人师时日不久，做学生的记忆尚未淡忘，深知师生“斗法”，老师在明处，学生在暗处，而“明枪易躲，暗箭难防”，老师一人在上，众目睽睽，不知有多少“话柄”在学生手里攥着。

所以一入于“野史”、“演义”，那就尽是学生的谈资了。但是也不尽然。某学期，一平素不甚用功的学生频频出现在我的选修课上，起初我不无沾沾，以为是讲课生动，学生踊跃。不道渐渐发现那学生次次心不在焉，似是另有他图。我的好奇心起，上课不免分出些神来，时做冷眼观，不几次，便有十分“瞧科”了——原来有一面目姣好的女孩时常来听课。那男生每到课必于女孩身旁或身后择席坐下，找机会与她搭话。也不知何故，女孩来的次数由密而疏，最后终至于不出现了。男学生或者是心存侥幸，仍来听课，每到必游目四顾，见女孩不在，即嗒然若丧，百无聊赖，挨延至下课，快快而去。如是数次，难觅芳踪，也便不再来，大概是彻底绝望了。

后来才知道，那女孩原是校外来旁听的，所以我的课很可能竟是男学生向她做试探进攻的唯一机会。“君子好逑”，人之常情，我很同情那男学生“求之不得”的茫然心境，但对自己的“发现”却也颇为得意，像是逮到了学生的小把柄，自以为是师生“斗法”——而且是充满公平游戏精神的斗法中的一次不大不小的胜利。

## / 新 年 计 划 /

通常说“过年”，指的总是旧历年，农历年，也即是春节，恐怕没有哪个中国人会闹误会，以为那是指公历的元旦。春节放假三天，元旦只休一天，似乎是寻常休息日稍稍的延长，悄无声息地就过去了。提起某年某年的春节，我们总还依稀有些记忆，若问某年元旦你是如何过的，我们多半是很茫然了。这就见出春节的不同寻常，也见出中国人看重春节的习俗。但是要说西方过来的新年对国人的生活全无影响，倒也未必。相比之下，春节是十足的放松、休息，是一个意兴阑珊的尾声、一出热闹的联欢会，那重头戏也恰是在除夕而非初一：我们合家团聚，不断地吃喝，找各种乐子，守岁，而后，在新年钟声敲响之后，我们睡大觉去了。以元旦为标记的这个新年则更像是一个堂皇的开始，学习、工作的节拍并不在此暂停，倒是在这一刻而不是在春节，我们有跃跃欲试的劲头、雄心勃勃的计划。所以在我们的感觉中，春节有家常的风味，元旦则带着几分严肃正经，往往正是励志的时刻。大报上往往有元旦社论，而小学生的作文里也屡见这样气势不凡的句子："新的一年开始了……"

在作文里，接下去自然是表态，到后面越来越像是决心书了——至少我上中小学的时候，这是关于新年的作文的标准格式。命题作文，套话难免，不可当真。不过有很多年，一本正经地订计划、发宏愿，的确是我过阳历新年的一项重要而且自认是最有意义的内容。在我，新年是忏悔的时刻、赌咒发誓的时刻、许诺的时刻。我似乎很早就意识到懒惰、拖拉是我的一大毛病，这也正是每到新年必定要忏悔的所在。有一年元旦给自己立下规矩，每天记日记，并且每篇须在五百字以上。当天我就把一至五日的日记全写了，写完很得意，以为实现这计划不在话下。有一年我决定要在一年内通读《马克思恩格斯全集》，外加《列宁选集》。又一年的计划是每天写大字一张，背唐诗三首，做读书札记一篇。

奇怪的是，一次又一次的计划无声无息地流产之后，我仍有信心去拟定更庞大的计划。现在想来，所以能"屡败屡战"，多半是因为我起的誓一年比一年狠毒，预想中的惩罚措施一次比一次严厉，而有意无意间我相信那些毒誓的神奇力量（虽然若是一一兑现，我早就该下地狱了）。至于为何一再选定新年之际来发愿，我想多少是因为对词语的迷信——"新年伊始，万象更新"，这话一直给我一种十分美好的感觉，也许是受这词语的诱导，好几次元旦的早晨睁开眼，确乎有天地焕然之感。然而过不多久就发现，"万象"还是原来的万象，我还是原来的我。最后发现这其实也不过是一道咒语，"新年伊始"与"万象更新”之间没有任何因果的联系。从旧岁到新年与星期一到星期二，其间有何实质的差别？一个记数上的巧合被人赋予了特别的意义罢了。若说送旧迎新，我们哪一天不在送旧迎新呢？既如此，我们真不必等到新年来发愿。

所以自一九八二年以后，我没有再订什么新年计划。只是虽然“新年计划”对我形同讽刺，有时还是会想到当年拉开架势做下偌大计划之后那种“而今迈步从头越”的“豪情”，此种豪情于今是没有了。有时不免就想，有一个郑重其事的，即使是煞有介事的开始，也不坏。

# / 住 在 天 上 /

好多年前，一家人要到上海小住，正在盘算如何找一家实惠的宾馆，事为一位热心的朋友知悉，立马拍胸脯道：“别找了，包在我身上。”一天后即打来电话，说他有位大老板朋友，在上海盖了幢高楼，上海滩上也是数得着的了，顶上可以停直升机哩。尚未交付，资金链断了，不上不下搁在那里。“从香港雇来的高级雇员原住顶层的，现在撤了，回港了，你们只管住吧。”我听得云里雾里，待要问个明白，他却道：“你闹不清的，去住就是了。”

盛情难却，而且说起来也是捡个便宜，便应

了。到上海按朋友交代先打电话，接电话的是个女的，说："X总已吩咐过了，我这就通知那边的保安的头儿，他会领你们上去，到四十二层留意一下门廊里一幅浴女油画，钥匙就在画后面，取出来开门就行。"又是一头雾水，中间似有无数的环节，那女的不知在哪里，还有藏起的钥匙，听上去神神秘秘像搞地下工作。不过是找个地方住，哪来那么多麻烦呢？然而事已至此，别无选择了。

那地方其实很容易找，就在福州路上，挨着"上海书城"，而且是金色玻璃墙面一眼望不到顶的摩天楼。但既是尚未出售，就还不是城市秩序中的一部分，问人都说不知道，以至疑惑我们是不是在找一个根本不存在的地方。当然，最后还是找到了。接上头，保安便领着穿过美轮美奂却又空无一人的大堂到电梯间，这电梯又并不到顶，须在三十八层换乘另一电梯。换电梯的当儿，更觉恍惚：这摩天楼"金玉其外，败絮其中"，内装修还未搞，到处是裸露的水泥，还有些暴露在外的钢筋、胡乱堆放的洋灰。难道就让住这儿？当然不是。上到四十二层就完全两样，我们住的那套房子足有二百多平方，装潢虽是俗不可耐，却合于“豪华”标准：“豪华”的客厅、超大的厨房，甚至还有当时家庭里少见的健身器材。这与下面反差太大，再想到一身黑衣在我看来表情怪异的保安，无端地觉得就像黑帮的据点。

这以后十来天，就住在上面，每每从外面回来，乘电梯到住处，会很真切地想到，这是在一水泥怪物的腹中穿行，而电梯门外似乎有可能就是电影里黑帮枪战的场景。既然有超大厨房，不用可惜，偶或会从外面带些菜回来自炊，西红柿青菜绞肉葱姜之类拎了一兜，入门遇身兼迎宾员之责的保安毕恭毕敬的行礼，就觉滑稽无比：在这地方居家过日子，似乎很不对。只有一次，所为应是与住客身份相称的：有天晚上我从上面打了个电话下去，请来个人领我们到顶上看看直升机停机坪。

那晚上月黑风高，到上面竟有些站立不住，仿佛正是直升机起降时螺旋桨转得呼啸生风的情形。高楼凭窗不是没有过，似这般四无依傍，三百六十度放眼无碍，立于几百米高楼顶上，暴露于凄风苦雨之中，委实有几分可怖。大上海就在下面，我们大概是全上海最阔的住客，因为那些保安不算，整幢摩天楼就住我们几个。其时虽也在下视外滩、黄浦江，心里却老在寻思脚下这幢楼，若从别处看过来，只有底层和最上面有些灯火，中间一大截尽被夜色隐去，我们的往处，真像空中楼阁了，想想有点怪异。诸多或怪异或滑稽的感觉影响到我对那次小住的记忆，似乎不大真实。某些细节的记忆却又来得特别真切，比如在厨房里西红柿炒蛋。还有一次回到上面才发现冰箱里一无所有，下四十层楼去吃饭感觉就像下山去寻食，罢了罢了，于是乎一起大吃“统一”方便面。

## / 怨我不怨我 /

一大早送女儿上学，发现车上的电瓶不翼而飞。这是一年当中第三次被盗，与前两次的盗情不同的是，接受以往的教训，我在电瓶上又加了一把锁，所以盗窃的难度应该稍高。但让我愤怒的不是这个，我愤怒的是小偷的好整以暇、从容不迫：他显然不是砸开而是捅开了锁，而后又将锁锁好，这才拎了电瓶离去，整个过程绝对非暴力，因为锁完好地在车上挂着，呈锁闭状态。

小偷于是将一团疑惑留给了我——昨晚上我究竟锁了还是没锁？这问题干系重大，牵涉到责任的归属问题。若是没锁，责任在我，若是锁好的，那在防盗方面就算是已尽“人事”，被盗属于“天命”的范畴，与我无涉。糟糕的是我的一大毛病恰是丢三落四，好忘事，故有类似疑问，总是倾向自我怀疑。这一天便深陷在里面，使劲地想锁没锁的问题，就是不能肯定。既然类似情况下都倾向归罪于自己，如此推敲记忆，也便伴以过度的自我谴责。直到晚上，知情者都以各种证据确证电瓶是锁了的，方才从罪恶感中解脱出来。这时反有一种轻松感——这事怨不到我！似乎电瓶被盗的本身倒是次要的了。

这种“不怨我”的心理委实有几分可笑，因为不管怨谁，无改于电瓶没了的事实。可我发现这样的心理相当普遍，大大小小的事上有各种表现。比如有一熟人，督着儿子报考一所名牌中学，这学校是市里的大热门，摇号摇中了才有考的资格。儿子心里很矛盾，很想迈进名校的门，起早贪黑，亦不可谓不勤勉，一面却又担心考不上，暗中宁愿幸运的绣球不要抛到他头上。结果是没摇上，那一天他儿子如释重负，反有几分欣然，因为不是他不考，乃是没得到这机会。总之，怨不到他。

儿子的包袱卸下了，开始轮到老子背，原本事情就该到此为止了，无如中国的事，是有条件要上，“没有条件创造也要上”的，就是说，可以通过关系改变现状，他恰有个不知道算不算关系的关系。太太一催再催，他一直延宕着不去登门，因他实在不擅此道，平日神气活现，一到此时就蝎蝎螫螫，最后拖不下去总算挨上门去，恰逢那熟人出国考察去了。他且不管是否失去了一次机会，先自长舒了一口气，好似鱼儿脱了钩。

事虽不同，这里的逻辑与我一般无二——怨不着我。从心理学上说，这大概是典型的逃避心态，是对别人推诿，也是对自己推诿。不管从哪个角度，都只能算是不良倾向。不过正像阿 Q 的精神胜利法，荒唐虽是荒唐，有时确能带来心理平衡。你待怎的？

最荒唐的事出在一朋友身上。有段时间查出得了结肠癌，家里一时愁云惨雾，气氛压抑。他夫人认定患上此病定与抽烟的不良嗜好有因果关系——他的烟瘾在我的熟人中要排第一，一天两包是平均水平——实则他自己早就悔上了，用他的话说，“要是肠子真能悔清就好了”。“自作孽，不可活”啊，自然的，心情沉重。不道某日正对一医生忏悔，这医生本人是一烟民，说：“哪儿跟哪儿啊？抽烟与这病不相干的。”他居然忽有一种轻松之感，像是得了解脱。解脱之余，不合归家后还向夫人说起，既与抽烟无关，“这就怨不得我了”。夫人听了哭笑不得，虽仍是“哭”的心情，还是忍不住抢白道：“是你的命，还是人家的命？！”

幸好，后来被证明是误诊。朋友自然更能以一种彻底的轻松来阐释他的荒唐逻辑：人最需要的是心安理得，罪不在我，心自安，理自得。——这是我头一次听人如此这般解说“心安理得”。

## / 做父亲的理由 /

做不做儿子由不得你，没有谁会征求你的意见，但是做不做父亲，要不要小孩，你是有发言权的，并非别无选择。由不得你的事，无话可说；可此可彼而你选择了彼，那就总该有些理由，比如，为什么要做父亲？——做着预备期的父亲已然好几个月了，不断有过来人向我“晓以利害”：小孩襁褓中的“起居无时”、“无理取闹”，稍长的“调皮捣蛋”、“纠缠不休”，再往后的“忤逆不驯”，以及这年头一个小人将靡费的无数钱粮。总之，“你的好日子到头了”，更可怖的说法是，“你是等于被判了‘终身监禁’”。这没法不让人大起惶恐，惶恐中我不止一次地想到上面那个问题。

为什么呢？在过去，这无须问——传宗接代，延续香火，天经地义，近乎神圣，可比作康德的“绝对命令”。现代人不信这一套了。另一种比较形而下的理由是“养儿防老，积谷防饥”，这是为自己的老境预留地步，颇多功利色彩，倒也合乎人情。只是这多半是老年人的经验谈，年轻人是虑不及此的。那么是要享受“天伦之乐”？——“天伦”当中是一定要有小孩的。然而一旦做了父亲，“天伦”是有了，乐不乐却难说。

当然你可以采用体验派的说法，套用“潇洒走一回”的口号，就是“做他一回老子”。社会生活中的许多角色是常人扮演不了的，而父亲一角，只要你愿意，你就可以上。做过儿子了，何不做做老子？这新的身份必会带来一份新的人生体验吧？可类似的理由也许用在女性身上更充分，因为做母亲是比做父亲更深刻的人生经历，而且做母亲的本身就可以给女性一种成就感，单看她们大腹便便时的趾高气扬、踌躇满志就可以知道；男人对小孩的降生顶真说起来有一半的功劳，但女性得到的那种满足你是没份的。此外“做一回老子”说起来潇洒，实则你分明知道，一旦做了父亲，便再无什么潇洒可言。英国作家曼斯菲尔德有句名言：“不惜一切代价去体验生活。”这是浪漫派的态度，全然不计利害得失，我们凡夫俗子，不免要盘算盘算——做父亲要面对无数的烦难，代价是否大了点？

虽然如此，“体验人生”加上不成其为理由的“顺其自然”，也许是我能提供给自己的最好理由了。这理由是追认的，像一切追认一样，颇多奢侈的意味，可在将为人父的惶恐中，我还是不止一次地以此来答复或者说安慰自己。事实上，此刻婴儿已躁动于母腹之中，现在应该面对的不是“为什么要做父亲”，而是鲁迅的论题了——鲁迅有一篇文章题为“我们怎样做父亲”。

# / 名字的难产 /

取名是大事，“名不正则言不顺，言不顺则事不成”，足见此事不可儿戏。可要起好一个名字，实在是难。

上世纪五六十年代出生的人起名倒是容易：政治意味加上一点性别色彩就算完事。但大家紧跟时代带来的结果不单是名字空洞乏味像口号，而且是弄到千人一名。现在的父母再不肯敷衍了事了，孩子是“我的唯一”，名字也要唯一。然而中国的人实在多，任你挖空心思、翻遍字典，重名之事仍然时有发生。也许避免重名最稳妥的办法是杜撰。据说章太炎给女儿取名就造了一个字。此事未做考证，不能作准。不过我认识一个医生，单名一字，字典上也查不到，一问，果然是家里人造的。这是决无“撞车”之虑了。而且杜撰的字虽在别处不被接受，在名字里却是被认可的，不单周围的人顺着写、念，办身份证也依样登上去，并不硬令换作实有的字。然而名字虽则说到底不过是符号，我们总还希望它有点意思，硬造的字音、形是有了，“会意”会不出来，到底是个遗憾。

说到意思，又是一难。“名者，实之宾”，小孩未出生，取名诚然是名归而实未至，即使已然降临人世，他并无自己的意志，取了名实际上也还是有名无实。父母给小儿取名，不过是替他许愿、立志。“静”、“丽”、“英俊”之类的名字似乎是描述性的了，其实还是父母的愿望。所以严格说来，大约只有那些以出生的时地为名者可以算是纪实，比如雨天生的，便叫“雨生”，秋天生在河南，便唤“秋豫”。惜乎这样的名字徒有文献色彩，太少个人意味。那么我们灵活点，把“名副其实”解作名字与人应打成一片，造成完整一致的印象如何？也还是难。不言其他，单从人由小到大到老这一点讲，要贴合其人，名字就应有好几个，而我们只能有一个。牙牙学语的小儿，用叠字最能见其可爱，然而到七老八十时还被“笑笑”、“振振”、“彬彬”地叫着，循名责实起来，实在有点尴尬。反过来小儿被人叫“博理”、“笃学”之类，也未免过于老气横秋。有如此之多的疑虑，我给女儿取名的难度也就可想而知。曾想出个真正写实的名字，叫七斤。这是有来历的：过去绍兴人有了小孩，就以其出生时的重量呼之，鲁迅的小说可以为证。然而家人嫌太土，而且似乎也不能作大名。后来搜肠刮肚又拟过几个，自谓意思还不错，不想发现早有人用过。再想时不免刻刻有“虽杼轴于予怀，怵他人之先我”之忧了。有一次忽然想，不妨师鲁迅为未名社立名之意，就唤女儿“余未名”，与姓连在一起——“我还没有名字”，真是实事求是。可过不几天就听说，系里某老师的儿子就叫“未名”。呜呼，“未名”也不能作名字！

于是在女儿顺产数月之后，她的名字继续难产。

## / 听 好 话 /

“良药苦口利于病，忠言逆耳利于行”。可惜大多数人还是愿意听好话。我自认是俗人一个，也就允许自己听好话。只是好话未必都顺耳：说过了，肉麻；搔不到痒处，不过瘾。说得不是地方，听了就很不受用。

我女儿生下来七斤二两，虎头虎脑，结结实实。四十天就能翻身，自己从床上滚到地下，四个月就能挺挺地坐住，十个多月就会走路。可能是意识到自己的强项是在体力方面，一两岁时，她的活动大体集中于“重体力劳动”方面。比如奋力推动茶几，努力撼动一张沉重的躺椅，等等。

有年春节，单位发了两壶油，四斤一桶，拿回家就引起她的注意，两眼盯着便走过来。却不是想弄开盖子，也不是对标贴上的图案产生兴趣。她找到油壶的把手，一手一个拎了就往起站。想来又要上演家中常可见到的一幕，即她提了或抱了重物，满房间乱走。可这一次委实是太重了，但见她满脸紫涨，撑持片刻，终于未能直起身来，离了地的油壶终于又回到地面，好似举重运动员未成功的提铃动作。虽然试举失败，以她的年纪性别，参考平日的表现，我以为说她身强力壮，甚或“膂力过人”，并不算夸张。以她良好的长势，见到她的人夸她“结实”、“力气真大”之类，应说是实事求是，恰如其分。

说的人都是当好话讲的，而且怎么着也不应理解为坏话。但入了我耳中就很不受用：须知我这是女儿呀！如果是儿子，叫“铁蛋”、“拴柱”的，夸他“结实”、“魁梧”也就罢了。虽说女权主义者对女性被置于“被看”的位置很是反感，虽然一两岁的小儿看上去不男不女亦男亦女，我还是顽固地期待“漂亮”、“好看”之类的赞辞。一个女孩，除了结实、孔武有力之外似乎一无可赞，那不是到了末路了吗？奈何众口一词，舆论一律，都是舍了她大眼睛、小嘴巴、俏皮的鼻子不论，一味奉承她的结实。相当长的一段时间里，我女儿似乎已被定位于“结实”了。有这么赞女孩的吗？岂不是等于赞花儿如何压秤、够斤两？

当然赞她如何漂亮好看的也不是没有，比如家里人，这方面最不吝啬有时甚而近于挥霍的，当数她外婆。出生那天外婆就守候在医院里要看她。一见之下，便说长得好。不就是个肥胖的“小老头”吗？外婆却从中看出了名堂。赞了一番之后，又在产房里巡视一遍，产房里有八九个新生儿，她转一圈回来就兴奋地宣布，我们的孩子是最漂亮的，有一种类于“每下一义，泰山不移”的坚定。只是出于礼貌，怕扫了人家的兴致，她才将结论的公布限制在小范围里。这是笼统的夸，接下去就进入细部：眼睛如何长，脸形如何可爱，总之，眼睛是眼睛，鼻子是鼻子。

但是有一点，即令外婆也不能为贤者讳的，是她长得黑，这一点稍长就更为明显，与别的小孩在一起，端的黑白分明。外婆起初不承认，哪里黑？蛮白。后来总算认账了，却总是从绝对积极肯定的方面看。隔三五天来看她，必要言之凿凿地道：变白了，又变白了。

倘若她的肤色确乎在以外婆给定的速度向白的方面发展，我们就只能在以下两个结论中择一而从：她现在已然面目全非如敷粉，或者，她过去是漆黑一团。当然，都不是。

## / 童言 /

有孩子的一大好处是，你可以时常听听童言，破破闷。过去读丰子恺的散文，觉得那些写小孩的篇什特别有趣，与其中录下的童言相比，成人的话都成了灰扑扑的“陈言”。

女儿慢慢出世之后，我也有了记儿童语录的机会，可惜她一直没有什么“嘉言”可供采撷。首先她开口说话就很迟（虽然很早就会站立行走，并且一直显得孔武有力），以至很长一段时间我对她有“四肢发达，头脑简单”之虑。到两岁，总算会说些简单的句子了，而且突然变得非常唠叨，可颠来倒去就是那么几句，基本上限于跟人打招呼与自我介绍，比如“爷爷奶奶”、“叔叔阿姨”、“哥哥姐姐”、“你好”、“再见”、“我是慢慢”之类，见人就是一阵聒噪。初时我们颇加鼓励，以为好歹也算是练习说话。后来觉得她那种自来熟的热络有些过分了，不单见了人要招呼，路上见到商店门口挂的长毛绒玩具也要套近乎：“鸭鸭你好，我是慢慢。再见。明天我再来。”见到广告牌上的兔子，宾馆门前竖的圣诞老人，她都要照样来上一遍。这似乎有“滥情”的嫌疑了，我们便不再鼓励。可是她的热络已经不可收拾，最后发展到跟不是东西的东西也要自作多情一番。比如楼道里每一层都有标明楼层的数字，她见了便要道：“1，你好，我是慢慢，再见！”“2，……”“3，……”逢到礼貌周全时，则还要加上一个飞吻。只是有一天，大约意识到她的多情一直没有得到回报，她同“2”招呼了之后突然问：“它怎么不讲话？”大人一愣，一时倒不知如何作答，好在她随即恍然道：“噢，它没有嘴巴。”

当然，她也不是一味地多情。那年夏天有段时间蚊子特别多，慢慢屡受其害，待她知道身上隆起的肿块乃是蚊子所为，便常愤愤地道：“蚊子坏，打死它！”大人逗她，问：“怎么打死它呢？”不想她一下给出三条方略:“拿棍子打它！用枪打它！开汽车撞死它！”大人都笑倒了，她这事倍功不及半的法子，已不是“杀鸡用牛刀”可以形容，大人再也想不出。笑过之后，我便告她一些较可行的办法，然而言者谆谆，听者藐藐。几天过后，我又以同样的问题相问，她仍坚持她那套更为复杂的法子，只是最后的一法里，摩托车代替了汽车。或许在她的想象中，她的三招一招比一招狠毒，她说时一声比一声高，而且眼露凶光，那表情套旧小说里的词儿，就该说是“杏眼圆睁，柳眉倒竖”了。说不定驾着摩托车呼啸着向蚊子撞去，才能让她产生一种“快意恩仇”的快感—— 虽然在我看来，那似乎有几分同归于尽的味道。

## / 战斗正未有穷期 /

有道是“计划赶不上变化”。还没准备好做父亲，女儿来了；还没琢磨好“我们怎样做父亲”，已经有冲动想撂下“父亲”的挑子不干了。十多年前我写过一篇小品，题为“做父亲的理由”，那时女儿尚未到瓜熟蒂落之境，但父亲已是当定了。除了追认很多理由之外，我说现在的当务之急，是该想想怎样做父亲了。未料多少年过去，还是心得全无。

“我们现在怎样做父亲”，这题目是鲁迅出的，他自己也答了。我当真学文件似的学习过，中心意思背都背得出来：“后起的生命，总比以前的更有意义，更近完全，因此也更有价值，更可宝贵；前者的生命，应该牺牲于他。”就是说，做父亲的，应该“俯首甘为孺子牛”。说实话，时过境迁，迅翁的话有些不对景了，他老人家决计料不到，在独生子女时代，小皇帝中心已像“地心说”取代了“日心说”一般，天经地义，不可动摇。哪个家长不是“孺子牛”？好在至少上小学以前，“一把屎、一把尿”的阶段，“孺子牛”也还好做，左不过把自己当个苦力就是了。好苦力的标准，是未庄人夸阿Q的，所谓“真能做”。我不敢自夸“能做”，但态度绝对是没问题的。

鲁迅文中强调的，其实也就是“应该牺牲于他”的态度。但是到了需要调教的时候，单是甘为孺子牛的态度就不够了，还得“教子有方”。这大概应归于“怎样做父亲”的技术层面，当然有这方面的经验之谈，无奈这是“运用之妙，存乎一心”的，于是也就深味做父亲之难。我的最大难题，是如何面对女儿的自由意志，这简直是无边的。比如有一阵她贪看《哈利·波特》、《纳尼亚传奇》之类，若随了她的意，能看到夜里两三点，有一次更是直到天亮。这不能不管吧？先晓之以理，说如何对身体有害，又妨害上学；接下去还动之以情，说大人如何操心，应该听话。全都无效，并且反问，为什么就得听大人的？于是倒回头带了火气再讲理，说："你不工作，靠父母养活，大人就有理由管。"她振振有词还一句，现在不允许有童工。言下之意，是法律令她失去自立的机会。气得人牙痒。

眼见软得不行，只好来硬的，将书没收。她硬的一手也就使出来：一是不吃饭，绝食；二是大冷天不盖被子，自虐。真是一场较量，王熙凤说家庭中的斗法，"不是西风压倒东风，就是东风压倒西风"，难道十岁小儿也凭本能知道？结局可想而知：总不能拿小孩的健康做赌注。这一类的事时有发生，一时间家中如在战争状态，弄得人疲惫不堪。无如"父亲"不比其他职位，从未闻有辞职一说。

不能挂冠而去，只好与女儿周旋下去。斗不

过应试教育，只好跟她斗；斗勇不行，只好斗智。我有个师弟是做心理咨询的，告我切不可轻视小小孩，他无师自通地会动员起全部的力量和你对抗，来硬的不行，当时要避免矛盾激化，不过也不能就那么过去，屡屡听之任之，等于认输，以后再无权威。要等他以为大祸已然躲过，再来旧事重提，晓以利害，并施以适度的惩罚，此时他聚集起来的对抗意识消弭于无形，没有防备，容易就范。——听上去有点像游击战的战术：敌进我退，敌疲我扰。

我觉得很是在理，以后便照这原则实行。过程不必细述，总之软硬兼施，秋后算账，自觉辱师丧地之后，好歹也能扳回几城。只是往往一波未平，一波又起，再向师弟讨教，告曰，不要指望一劳永逸，较量会一直持续下去的。我明白了，这是说，要时时记得准备着。呜呼，真所谓“战斗正未有穷期”！

第二辑

# 一笑了之

## / 伸 懒 腰 的 学 问 /

不知从何时起，“古”成了一种褒义的修饰，商家推销商品，固然以“古”相标榜，一般人心中，也是对“古”渐生敬意。沾一“古”字，不拘人、物、事，从精神的到物质的，仿佛身价立马就高上去。某日看到一条消息，曰“古人长寿十诀首度公开”。当下就嘀咕：古人的平均寿命在那儿摆着，比现代人短得多，凭什么今人要到古人那里去讨教？当然照“首度公开”一说去推，“十诀”既然长期处于秘而不宣的状态，不能遵行其法，古人寿命偏短，倒也说得通。

至于揉揉肚子、不厌其烦的梳头之类是否就

能增长寿命，你可以存疑，好在就像时下诸多神乎其神的保健药一样，行那“十诀”有益无害是肯定的。这里面我感兴趣的一条是伸懒腰。今人杜撰的口诀道是“消瘦健美助血运，勤伸懒腰效最高”——好处都说在里面了。我感兴趣倒不在此，而首在伸懒腰的舒服，其次是它为伸懒腰“正名”，令其具有了无可怀疑的正当性。

过去奚落、贬损的说法，“懒人伸懒腰”，仿佛据此可判定人之勤惰。另一方面，虽“无累大德”，甚至“不矜细行”都说不上，伸懒腰却总有几分“见不得人”，有碍观瞻。并非一伸懒腰，即不堪寓目，《红楼梦》第二十六回写到黛玉伸懒腰，可以想见的，就是欣赏的笔调。“春困发幽情”的氛围里，与“每日家情思睡昏昏”的细语长叹相配，黛玉的懒腰竟是让宝玉心醉神迷。但这是美人做派，捧心西子咳一声也饶具美感，伸懒腰乃是病美人病态美的一部分。懒在常人固为恶习，在美人则不仅不足为病，且“懒”演为“慵懒”，乃是入诗入画的题材了。

当然一般人不该在审美方面对自己的伸懒腰抱有幻想，图个舒服痛快，也就行了。我对伸懒腰的快意知之甚早，却不是通过自己或他人——不是人，是小时邻家的一只猫。有段时间我是那只猫的一惊一乍的观察家，举凡打个涕、放个屁，皆惊讶不已，一颦一笑，俱足称奇。某天又有新发现，是它将前爪贴地矮下身去，忽又将身拱起来，似乎四肢百骸都绷紧，而后松下来，躺到地上，非常非常享受，很陶醉的样子，令人心向往之。便问大人猫这是在干什么，大人说它在伸懒腰。再问，人也会伸懒腰吗？答复是肯定的，只是动作不一样，于是当即示范。我亦照葫芦画瓢来上一个，迅即掌握要领，虽说并未感到特别的舒服，至少是体味不到那只猫的惬意。

以后当然知道了，当年的“意下未足”，乃是因为未逢其时。像所谓“十诀”里倡导的那样“勤伸”，则伸懒腰已是保健操的概念，可以不择地而行之，当真要“伸”出一份心满意足，就当在适当的地方、适当的时间。

关于自然状态下伸懒腰多半会出现在何时，我与一哥们儿有过热烈的讨论。这位仁兄是个地道的享乐主义者，于细节上最是不肯苟且。说到伸懒腰乃是起于谈论打哈欠，在他看来打哈欠与伸懒腰是“两岸青山相对出”的关系，一在睡前，一在初醒，相映成趣：前者所以酝酿睡意，后者所以回味一梦酣然的快适。总之都与睡有关，比如伸懒腰，不当其时胡乱伸展两下，那是徒有其表，难得其意。

此说我碍难同意，以我的经验，二者有时并举，即有的时候，伸懒腰会伴以打哈欠。而且《十万个为什么》里就说了，打哈欠的实际效用乃是让人神志更快地进入清醒状态。他将伸懒腰严格界定在起床之时，且要求必在一个好觉之后，也有过于追求完美之弊。但对他的强调伸懒腰与寻常伸展动作之别，我倒是深以为然。

这涉及伸懒腰如何定义的问题。不知什么词典里会收这一条——是个人就能“心知其意”的，要说出个子丑寅卯，却还真是不易。我们甚至不知道伸懒腰的标准动作是怎样，曹雪芹对黛玉的伸懒腰一言蔽之，只说她有此举，如何伸法，却是不着一词，关于长寿“十诀”的报道极尽渲染之能事，对伸懒腰本身也是语焉不详。当然，两臂上举头部后仰的动作是必有的，腰部的挺直紧绷也堪称要素——其命名突出一个“腰”字，自不能不形之于外，人与猫（大约还可推及其他走兽）在此项目上的一致性，似乎也正见于腰部之“伸”。伸展之时是否出声却可能因人而异，不过以我之见，一次神完意足的懒腰，必有伴音，声音的大小高低容有差异，要之发声原理是一样的——都像是从喉间挣扎出来。伸懒腰可视为与睡意之间的一番挣扎，有此音相伴，似也顺理成章。只是回过头去，怎么也想不起猫是否出声了。

虽然于普遍性上尚未多方求证，那位仁兄对我的补充却表示认可，“挣扎”二字，他犹为激赏，以为伸懒腰的快适之感，全在“挣扎”之后的放松，“挣扎”得越厉害，快感来得越强烈。所以动作幅度要大，要充分，要用力，这才能“境界全出”。由此他又有“大懒腰”、“小懒腰”之辨，取坐姿仅上身运动，为“小懒腰”，仰躺于床上，腿脚也参与“挣扎”，那就属于“大懒腰”的范畴了。可想而知，他向我极力兜售的，乃是“大懒腰”。据他所言，双臂高举的同时两腿也用力，足弓绷紧像跳芭蕾那样，迸出全身力气，甚至会有一种将要抽筋的感觉，过后松弛下来，那叫一个爽啊！

也许是不大得法，后来照他的指点实践过，并无那种能令快感加倍的“抽筋感”，不过大腿小腿，真有几分酸胀。不论如何，由半身扩及全身的运动，他所谓的“大懒腰”比古人“十诀”已是又进一层，会不会哪天披露出来，媒体又推为什么“诀”？

## /是可忍，孰不可忍/

何事“是可忍，孰不可忍”？答曰：上厕所。就身体一面去考虑，人之每日大事，无非吃喝拉撒睡，饥了、渴了，可以忍它一忍，困了、乏了，也可强打精神，撑它一撑，唯独上厕所，要“且复忍须臾”，必得有不凡的定力，一念即来，真正是刻不容缓。有道是“忍过事堪喜”，无奈有些事忍它不得，意志力在此不能说全无作用，却肯定功效甚微。忍过去了，当然可以化作笑谈，不得“过”，则问题不免严重。

有个画家朋友，外出办事回家，在出租车上感到内急，路上已狠下一番动心忍性的功夫了，下了车再无别念，狼奔豕突，直扑家门。他家在大院深处，亏他情急之下，马力十足，片刻间已是家门在望。不想家门成为障碍，钥匙插入锁孔，左旋右转，打它不开。彼时防盗门尚属新生事物，都是栅格式的那一种，上贴窗纱，锁比通常所见唤作“死不灵”的复杂得多，往右转是未反锁时开门，往左转是反锁，转两圈如何，转三圈又如何，绕得人头昏。画家急中生“智”，破了窗纱将里面那道门打开，就想进去，却不想防盗门仍横在那里。隔着防盗门已见厕所就在那里，咫尺之遥，奈何可望而不可即。望了里面他在门外顿足捶胸，俄尔蹲踞于地，手按小腹，口中念念有声。有邻人经过，见这人家门已开却不入内，蹲在门口状甚痛苦，不免诧异，以为是夫妻勃奚有以致之，不便干涉，一步三回头走了。最后他也顾不得脸面了，叩开邻居家门，更不打话，径奔厕所。以他的话说，那一刻只有“千钧一发”足以形容。而以后看到有人面容严峻或举止失常，他总猜度未必是什么大事，可能不过是内急而己。不过，他补充说，有时候这也就是头等大事。

他这是忍过了，中学时代我有一高年级同学，却不幸忍而未过。其时南京将举办大型运动会，四中的学生得令参加开幕式，任务是给团体操充当背景，坐在看台上“组字组画”——是由数百上千的人组成的大画面，画面不断更换，我们每人手抱一厚厚的硬纸册子，翻开一页便组成一个新画面。场面宏大，调度不易，当然须有铁的纪律，其中就有关于上厕所的种种限制，合练之时，断断不许。那时不像后来天安门广场的大型活动，参加的人虽然数小时不能如厕，却有纸尿裤的新式装备，一旦内急，除了忍还是忍。彩排那一天，那位倒霉的高年级同学不知早上稀饭喝多了，还是上阵之前没有“空乏其身”，正到节骨眼时，如厕的冲动汹涌而来，却又不敢擅离职守。不知憋了多长时间，总之是忍无可忍了，只好听天由命。积蓄已久，一发便不可收拾。阶梯形的座位，他坐在后排高处，自然是顺流而下。前排女生发现了，一阵惊恐，却也不敢有大动作，只侧了身稍稍闪避，一面仍不忘端正姿态，一面打暗号似的小声提醒前排的人："来了！来了！"

"组字组画"圆满成功，校领导做总结时严肃地表彰了那同学，许为遵守纪律的楷模。但小便"不足为外人道"的性质显然降低了事情的严肃性，学生之间兀自拿它开玩笑，那同学也因此得一绰号，曰"来了来了"。他本是学生干部，职位不低，这事令他威信大减。真是有纪律就有牺牲，只是这牺牲忒大了点。

## / 女 人 与 逛 街 /

浪漫的婚姻是无条件的，然而即使是不那么虚幻的结合，你也不会想到日后陪夫人逛街会是婚姻的一个附加条件。好男友的标准大都是虚的，好丈夫的标准则比较实在，大略首推责任感，诸般责任当中有不可推卸的一条，便是乐于陪夫人逛街。你不必怀疑逛街的乐趣，女人口中笔下谈到逛街，莫不津津乐道。她或许会抱怨上班路途遥远，逛起街来路程何止一倍两倍，却是精神昂扬，体力充沛。逛街的精义全在一“逛”，妙在无目的，男人直赴目标，买了便走的法子愚蠢而又索然寡味，女人逛街如同参观大型博览会，那种“无为而无不为”的态度实更能体现“不问结果，只要过程”的生活艺术。但你千万不要以为无目的便是只看不买，在购物方面女人永远比男人有更多突发的灵感——她买回来的往往是她原先并未想买的东西（事后她多半要保证此物她其实早就想买了，对此男人最好谨慎地保持沉默），然而这也正见出女人不像男人那样实际和功利。

你也不必怀疑逛街的意义，从张爱玲的散文到而今无数报刊上谈论逛街哲学的小品文中你都能感觉到那份理直气壮。既然报上可以把看球、侃球之类攀附上振兴中华这样的大题目，凭什么说逛街不是有助于繁荣市场经济？也许男人可以抗议看球并不干涉到你，你若独自去逛咱并无异词，关键是你要拉了我去陪绑。然而这样的类比即使理由充足最好也还是放在肚里，有“井水不犯河水”嫌疑的说法最易伤害女性纤细的感情，何况拉你逛街是她“看得上你”。所以视逛街为畏途的丈夫多半还是尾随着夫人出门了。但是问题并不到此为止，逛街也须“正心”、“诚意”，心不在焉是不行的，你要对各式商品发表意见，好或不好，买或不买，买此或是买彼，你绝无投弃权票或是保持沉默的权利，因为无可无不可说明你心神不属，保持沉默等于对逛街的无声抗议——“知夫莫若妻”，这当然逃不过夫人的“法眼”。

你得不到逛街之乐，夫人又不肯独来独往，这时你就只有指望外人了，她若有姐妹、好友，又或你有姐姐妹妹，不妨为其制造机缘，撺掇她们一块去逛，反正女的多半没有不乐此道，正宜让其“同流合污”。这李代桃僵的法子常能奏效，只是结果必会买回更多的东西，因为女人在购物方面最不吝于给同伴以鼓励，而受到鼓励又很少不是心花怒放，耳朵根子变得奇软。然而破财消“灾”，免去逛街之苦，也值。当然，如果你以为从此万事大吉，那就大错特错了，你仍会时常受到逛街的邀请，你若照前一般躲闪腾挪，她便要振振有词道：“跟她们逛是跟她们逛，跟你逛是跟你逛，不是一回事。”此话寓有“你无可代替”之意，令你听了浑身痒酥酥好不受用，——还有什么说的，逛吧！

## / 漂亮老婆与安全感 /

男女在择偶标准上的差异，已有各式各样的调查统计作证明。最明显的不同似乎是女性更看重男人的品性、身份，男性则往往将漂亮列为首要的条件——以至于选妻的过程有时近于选美。旧时称“妇德、妇言、妇容、妇功”为女子的“四德”，对女人的要求，似乎首重“妇德”，“妇容”排序靠后，而且“妇容”更在仪态举止，不单指长得漂亮。照理说，男人择偶，大约也就该依了那标准来进行，而事实上，男人最在意的还是“妇容”。《诗经》里的情诗即有“窈窕淑女，君子好逑”的句子，“窈窕”是美好的样子，诗中的女子当然是生得漂亮。可见求“四德”是知“礼仪”，重“妇容”才见“人心”，这上面，可说是古今男人，心理攸同。当然旧时的“一夫多妻制”容许男人有种种的变通：他可以向妻求“妇德”，再向妾求“妇容”——说到底，男人对女人的漂亮，决不轻言放弃。

然而对女人的美貌，男人一面是寤寐求之，一面却是心存疑惧。求得求不得是一问题，求得之后是否守得住又是一问题。而打江山易，守江山难，许多男人从漂亮妻子那里悟出同样的道理。都说女人最需安全感，其实男人对安全感的要求一点也不低，妻子的漂亮固让为夫的得意，同时隐隐地却又是潜在的威胁，因为男人的潜意识里，女人漂亮的程度，与他得到的安全感似乎恰成反比。元稹的《会真记》是《西厢记》所本，后人考证出来是他亲历之事无疑了。张生对莺莺始乱终弃，金圣叹骂他薄幸，等于骂元稹无情。元大人或者早知要挨人骂，《会真记》里让张生自辩不说，还作《古绝决词》再来譬解，那第二解解得实在蹊跷："水得风兮小而已波，笋在箨兮高不见节。矧桃李之当春，竞众人而攀折。我自顾悠悠而若云，又安能保君皑皑之如雪……幸他人之既不我先，又安能使他人之终不我夺。"——原是自己负心，反诬对方不洁；分明自家欲另攀高枝，倒好像是防患于未然。这当然是找借口，然对"他人之终不我夺"的怀疑，倒也反映出男人对安全感的企求。

曾听到过一种说法，称男人择妻，要"摆在家里放心，自己看了称心，别人看了恶心"。此话近于恶谑，且实在荒唐：旁人看了甚至要犯恶心，如何自己能看了称心？可一派胡言中倒是很典型地反映出某一类男人的占有心理。"称心"者，他希望有个漂亮老婆；"恶心"者，他怕从此事多，惹出麻烦，因此要绝了他人的念——"称心"、"恶心"，都为了"放心"。何以老婆漂亮即必然给丈夫带来威胁？不言自明的逻辑大约是"爱美之心，人皆有之"，老婆的漂亮既为己之所欲，保不定也正是他人所想，众人觊觎，虎视眈眈，怎能心安？另一方面，女人既生得貌美，不免“天生丽质难自弃”，自古美女多情，“美目盼兮，巧笑倩兮”，不定何时就续写个人情史，添上一笔风流账。证据多得是，旧小说中给男人的警告委实不少。《水浒》里潘金莲勾引武松不成搭上了西门庆，潘巧云也是向所有可能的对象卖弄风情，潘金莲生得貌美不用说，潘巧云也必是长得漂亮无疑，而若不是武松、石秀那样的好汉，对了花容月色，哪个男人能保证坐怀不乱？没有哪个男人自认是武大郎，可有了一个漂亮老婆，多多少少，他要疑惑身边是否会是一个潘金莲——红杏出墙，后院失火，向来是中国男人最大的梦魇，有个漂亮老婆，简直就是增加这方面的危险。

饶是如此，多数男人对漂亮女人还是痴心不改，漂亮老婆永远是男人梦想的一部分。话说回来，撇开实际的情形不谈，女人的白日梦中，又有几个白马王子不是俊男？

## / 生 儿 育 女 与 成 就 感 /

成就感和成就是两码事。一般说来，成就须是得到社会承认的，似乎有一个公认的标准，不拘做出了科学发明，得了什么什么奖，还是考上了名牌大学，做了大官，成了“先富起来的人”，都是世人称羡的。成就感则可以是一种个人的感觉，感觉的事没有标准，你尽可没有什么了不得的成就而有一份成就感，比如你是发烧友，鼓捣音响鼓捣得越来越像样，比如你是个胖子，一个月减肥减了十斤肉，比如你打麻将，一气和了好几把……这些事没人会给你颁奖，而你仍然可以很是自得。

可惜人毕竟是社会动物，没有周围的认可，你不大可能坚定地把自己的“成就”当回事，那成就感也就来得不那么牢靠，其情形好比无人喝彩的演员不可能总是瞎起劲。更何况上面那些事也还要有几个同好叫好，且有的需要一点手艺，或是一点运气。如此说来，成就感并非人人可以分享的了？倒也不全是。我以为有一事是差不多凡人都做得来，又无需别人赞一词也可以获得巨大心理满足的，那是芸芸众生分享成就感的一条保险系数很大的捷径——我说的是生儿育女。

我们的成就感，从孩子落地那一刻起便油然而生。别人生小孩，你多半当它是件再寻常不过的事，可是撞到你身上，感觉便大大地不同。你会忽然对造化的神奇充满赞叹——怎么无中生有，一下就造出了个有鼻子有眼的小人，还不是无目的地乱造，居然像她（他）又像你？你会觉得那简直就是一个奇迹。细想起来，生儿育女，繁衍后代，这事不要说万物灵长，只要是个动物，都会。可这时谁也不会煞风景地高扬理性——谁会在这时想起来探讨生物学遗传学的原理？作家描述创作，常把那过程比作十月怀胎，完成了作品则好比是小孩落地。这比方反过来，小孩也就常常被看成了作品。没有哪个父母会以为自己造的小人是件失败之作，相反，那小人身上似乎处处是神来之笔。我就见不止一个作家感情洋溢地写过，孩子是他最好的作品。那么，凭空造出了一件好作品，成就感还不是大大地有？

接下去的日子里，你品尝成就感的机会还有的是。可能每一天你都在体验成功的喜悦，小人成长中的每一点变化都会成为你莫名兴奋的理由。长牙了，会爬了，能走了，说话了，会做鬼脸了……乃至于一顿吃下了四个小笼包，一次解下的大便有成人那么多，都可以令人欢欣鼓舞。有个朋友，一岁的儿子便秘数日后终于解下大便，他眉飞色舞地向我描述过程和盛况，那一刻，他看上去颇像一位“成功人士”。

# / 自 虐 /

心理学书上说到一种变态心理，叫作“虐待狂”。这里面又可分为两种，一种是喜欢折磨他人的，另一种却喜折磨自己，可称为“受虐狂”。我对前一种比较能够理解，因为我们有意无意间常有“把自己的快乐建立在别人的痛苦之上”的冲动。有次碰到一个当导演的同学，我开玩笑说：“你给派一个小角色，不要台词，只要冲上去扇人一个耳光便算完。”过去的批判稿常有“给……一记响亮的耳光”云云，想必是有一种快感。可惜一直没机会实践：打人耳光，人家也要打你，如果打的是太太，也许因此要闹离婚，后果不堪设想。演电影可以不负责任地打耳光，打完算数，岂不快哉？那同学笑道：“你这是有虐待狂。”

然而我自以为对自虐的冲动一直很是隔膜——折磨自己有什么快感？可是渐渐发现，正像正常人身上时常有轻微的虐待狂的冲动（比如我的想给人一记耳光），我们时常也有几分自虐的倾向，只是没有到“狂”而已。G君出差北京，在一家店里看到一种样式漂亮的手表，当即高兴地买下，不料第二天就在另一家店里看到一种更好的，而且价钱更便宜，顿时大感后悔。假如事情到此为止，也就没什么可说。可她此后但凡进商店，脚刹不住车地就要往钟表柜台跑，分明预感到又会看见更好的，而看到了只会更后悔，还是乐此不疲。出差回来后越发着了魔了，碰到熟人就要看看人家的表，看了又必认定人家的好，到最后我发现下意识里她这么做似乎只有一个目的了，就是反复证明自己犯了错误，而这“错误”越来越显出不可饶恕的性质。这真是找不自在，自己跟自己过不去。而找不自在岂不就是自虐的一种轻微的形式？也许不住的后悔、不断的自我谴责能给她某种快感，其情形正如我们身上某处痒了，明知越抓只会越痒，却忍不住要伸手去抓挠，抓了，的确又有几分舒服。汉语里有“痛快”一词，很能说明受虐与快感的辩证关系：“痛”了才快活，或者说，有时候痛苦就是快活。有一首著名的情歌里悠扬地唱“我愿她拿着细细的皮鞭，不断轻轻打在我身上”——让别人不停地抽打自己，这是自虐或曰受虐的冲动无疑了，想象中却是骨软筋舒，心醉神迷，当然必须是“轻轻的”，若要求“重重的”、“狠狠的”，那就真是受虐狂了。

我对这发现很得意，有段时间动辄分析熟人的心理，一口咬定他们几乎个个都有潜在的受虐冲动，倒好像在替他们维护心理健康。但是很快我又有新的发现：身上没有一丁点受虐倾向的人很不讨喜。我和一个朋友差不多同时买了音响，因有高人指点，我的音响搭配得比他好。到他家试听一回，心中窃喜，便邀他来听听我的。不料他不肯，道：“明知道你的音响声音好，再去证明一下，你倒是越发得意了，我回来听着自己的大卖后悔药，岂不是有你说的什么‘受虐狂’？”我百般地引诱，到最后几乎是哀求了，他就是不为所动。那一刻我觉得他的不能稍稍来点自虐，对我简直是一种残酷。

## / 幽 默 /

老A今年四十几了，还是独身一人。每当看到他神情严肃地从办公室外的走廊里走过，同事中有红娘情结的人都会下意识地生出几分歉意——这样一个老单身汉的存在仿佛是对他们工作“失职”的某种提示。其实他们也知道，老A严肃的表情中并不包含任何责备的意思，只不过是天生的不苟言笑，从头到脚都是严肃。与他不熟的人同他相互打招呼时多半会有异样的感觉，若是你能想象一个人紧绷着验，用近于严厉的口气说“你好”、“吃过饭啦”这类客套话，你也许能对那感觉体味一二。正是这份严肃使得“红娘”们的努力屡屡受挫。有一位与他见过一面的女士试探性地向介绍人打听：“他是不是神经有点毛病？”另一位与他有过三次约会的小姐说的话则近于无礼：“他会不会笑？！”偏巧这两位他都还中意，见对方再无动静，便虚心地问介绍人：“是不是对我有意见？不满意可以提出来。”看他一脸的严肃认真，原打算轻描淡写、打个哈哈的介绍人觉得转述那些太不严肃的“意见”简直是不可能的了。

但是事情再难，总不能让并非独身主义者的老A一辈子打光棍吧？前些时候同事又为他物色到一位。两人在公园里见了面，当天晚上介绍人便满心欢喜地从女方那里得到了满意的答复。第二天她带了一脸喜色来见老A，不想老A却面有难色道：“她学历蛮高，长相身材都不错，人也很善良，就是……”同事大惑不解，德、才、貌皆无问题，不是无可挑剔了吗？老A最后还是直说了，他说：“她什么都好，就是不幽默。”

# /“死”的喜剧/

生死之际，应是属于生命中不能承受之“重”了，但是我有一个朋友对“死”的反应却有几分喜剧性。有一次，她眼睛上长了豌豆大一个颗粒，总也不消，许是压迫到神经的缘故，疼起来就疼得要命。她不翻医书，更没请教医生，也不知根据什么，“一厢情愿”地认为自己得了癌症。那几天，和她共用一个厨房的邻居常见她忙进忙出，这一顿是清蒸桂鱼，下一顿是炖鸡汤，饭食异乎寻常地丰富。她丈夫在英国读学位，平时就一个人，如此大操大办，委实令人生疑。过些日子，那玩意儿竟渐渐溃疡，出了一点脓便退去了——不过是个“偷针眼”。她带了劫后余生的喜悦把这事当笑话说给熟人听，原来她是想来日无多，深恐以后再没有机会。大家都笑，说：“人家有病，先忙着确诊，确定了是恶疾，多半还不肯相信，你倒好，抢着判自己死刑。”

我想她在疑心得了绝症之际，心情一定不像事后描述得那样轻松，但那一次她一直是自疑自证，究竟怎样，旁人也就不得而知。下一次在英国大病一场，她的悲观情绪则暴露无遗了，并且成功地感染了身边的人。她刚去陪读的时候，水土不服，风风火火发起烧来。连续一星期，体温在三十九度以上，去看医生，医生让服红霉素或打青霉素。回说都过敏，吃不得也打不得。那医生不知世上有中医的招数，甚至也不信挂盐水一说，便要行顺势疗法，说道，那就回去好好躺着吧。问烧太高了怎么办，医生的办法也妙，让开了电风扇吹吹。——有这样治病的吗？无奈，只好回去静卧。又过数日，烧还是不退，在床上整日茶饭不思，却又浑身酸疼，睡不着觉，辗转反侧，诸般难受。晚上烧特别高的时候，哼哼唧唧，恍恍惚惚，就觉自己大限已到，是下世的光景了。想想才活了不到三十岁便要告别人世，而且又实在是庸医所误，若在国内，再不至此，不由得悲从中来。

虽然“死去原知万事空”，毕竟心有不甘，哭到伤心处便使劲攥了丈夫的手，让死后一定把她的骨灰带回国，找块地方埋了。她丈夫每日忙着侍候她，起初并不以为情况有如此严重，经不住几次三番提起这话头，完全是安排后事的架势，医生又不管，不免也跟着疑惑她确是命将不保了。方寸一乱举措就有些失态，只守定一条，咬紧了牙关不应她，下意识里觉着就顾她便等于承认是没救了，不应，她便不会弃他而去。那几日凄凄惨惨切切，差不多就要弄到“相顾无言，唯有泪千行”的地步了。

结果自然是没死，回国以后见着家人、朋友，倒又兴奋不已地描摹起病中的情形，仿佛是在讲述一段精彩万分的历险。像这样与“死”有关的喜剧我们的身边肯定不会少，脱“险”后的那份轻松竟是近于狂喜的。当然“死”要能成为一出喜剧，也有一个不可少的前提，那就是不死。以为要死结果未死，那是喜剧，如果以为要死，竟真的去了，那就是悲剧了。

## / 穿衣的尴尬 /

有句男人发明的老话，“兄弟如手足，妻子如衣服”，不唯女权主义者听了要暴跳如雷，就是今日的男士们，也要笑其陈腐落伍了。倒过头来理解，此话另一面的意思是男人对衣服不似女人看得重，因为像一位现代女作家的隽语，要女人做到“丈夫如衣服”的地步，就很不容易。但是即使是我们发掘出来的这层意思，也已经有了过时的嫌疑：在一个推销术比货色更重要的时代，女人固然要衣服来“包装”，男人缺了“包装”同样于形象有碍。

话虽如此，男人穿衣毕竟比女人简单省事得

多，因为男装玩不出多少花样。女人把自己的衣服穿腻了，便到男人的衣服上打主意，叫作“女装男性化”，如果男人尽其道而行之，实行“男装女性化”，那就不可想象。贤惠的妻子敦促不肯在衣着上花钱的丈夫添几样昂贵的行头，往往就以此作为充足的理由：女人要一大堆应景的衣服才能把自己弄得妥帖，男人则西装、夹克、T恤衫之类些少几样便可打发一年四季、居家出客，如此何不穿点像样的？此语合情合理，足以服人。可是肯于掏钱之外，其他的问题也不是一点没有。有的人穿衣是为了引人注目，有的人买衣却偏是唯恐其招摇，然则如今的服装已是大大地时装化了。到商店里转转，西装而外，有几件衣服不是以“流行”、“新潮”相标榜？“时装”即有时髦之意，而“时髦”，就有招摇的嫌疑。于是不想时髦的人进得店去，对着琳琅满目的时装，便很是尴尬。

有位仁兄就碰到这样的难题。此人可以归入不修边幅的那一类，好几年前在学校里当班主任时，有过一些奇异的着装，诸如上边穿着中装棉袄，下边套一条牛仔裤之类，颇让班上的女学生窃笑了一阵。这几午渐渐“发迹”成了名作家，却是一如既往地“衣冠不整”。说是不整，其实也就是随便一些，一是生性如此，把衣服看得如同旧时男人眼中的妻子，二是不愿露出贫儿暴富的模样，成名之后反而更是不欲有异于众。不想时代在变，他的甘于普通反使他的衣着显得不寻常了。据说某次去参加笔会，他的一双旧布鞋太招人眼，成了众作家打趣的对象——倒好像他是蓄意摆名士派头。受到“刺激”的这位仁兄决意改头换面，把自己“包装”得普通起来。措施之一是花几百块钱买了一双进口的旅游鞋，接下来的步骤是买几件稍微拼点档次的衣裳。到店里转转，但见这件胸口绣着鲜艳的盾形图案，那件口袋上面缀着把红红绿绿的小伞，又有极夸张的垫肩者，穿起来像是衣服下面藏着五星上将的大肩章，莫不以新款新潮相号召。看来看去，慢慢气馁，只好空手而回。

根据他的一贯言谈举止，我猜他出了店门很可能无奈地摇了摇头，自个儿对自个儿说了句粗话：“这年头，还他妈非让你时髦不可！”

## / 崩溃 /

“崩溃”是我一老熟人的常用语，用以形容一种不妙的情势引发的心理震荡，比如夫人跟他吵了一架，比如得到坏消息，等等。不过大多数情况下，说时带有戏谑意味，唯有一种情况，“崩溃”得很当真，可从他失魂落魄的眼神中一望而知：他的电脑坏了。就是说，他的比较严重的精神“崩溃”都是电脑的崩溃引发的。久而久之，“崩溃”在他那里似乎已成为一个关乎电脑的专门词汇。我不明白，他的电脑为何一再地出事，仿佛一直在崩溃边缘。照说他和我一样，属最最本分的电脑用户，除了当打字机使，就是上上网。

当然电脑的祸事往往是“闭门家中坐，祸从天上来”的那一种，绝对的“飞来横祸”，像染毒、拷个盘、上个网、收个邮件，都可能引发不虞之“毁”，端的防不胜防。其实都是有缘故的，懂的人分析起来头头是道，但他和我都是听了就头昏，也自知整不明白，就觉电脑整个不可理喻。

“崩溃”无非是指存在电脑里的东西丢了。这在某些人看来很容易防范：多做几个备份就完了。无如不良习惯之为习惯，就像不良嗜好一样，要改也难。让他勤于备份就像叫白天高卧不起的人坚持每天早晨七点起床。这方面我特能表同情于他：不要说备份，忘记存盘也是常有的事。是故我也隔三岔五经历一些较小规模的“崩溃”。至多也不过失去了千余字吧，却也让人恼火。最相宜的补救办法似乎应该是趁着时未过、境未迁，从速将遗失的部分再写一遍，无奈此时或是陷于无效的“悔不当初”不能自拔，或是虽在找补，却总觉无法还原，倒好似失掉的都是如珠好句，因无以对证，更认定追忆所得只是青花瓷的残片。有纠结的工夫，重写一遍也尽够了，却就是一味地纠结。这时候还会迁怒于电脑，因为用纸笔就再不会惹这样的祸，对电脑的爱恨交加亦一味地进入恨的方向。虽然也知道，到头来还是会主动与电脑和解：试想有修改编辑的无数方便，现而今离了电脑，肯写一个字吗？

也就为此，电脑若当真出了要命的故障，差不多就真是桩要命的事。很不幸，那个朋友的电脑最近不干活了，开机都开不了，他苦心搜集的资料、写了一半的文稿，全在里面。起先还在遍寻电脑高手，就像患了绝症的人心存侥幸到处找名医、偏方，但是很快就被告知，电脑可以恢复，存在里面的文件没救了，因为不仅是重装系统的问题，分区表也坏了。我朋友听到这宣判的反应，只能用“崩溃”来形容，一连几天，茶饭不思，心如死灰，原是勤快人，一个月下来，居然一字不写。——也是，倘若忘了存盘之类的错误还要纠结一阵，像他遭此大祸，当然需要更长的时间来面对“崩溃”的现实。令他“到底意难平”的是，过去用纸笔写，稿子找不到的时候也是有的，但是仍还可以存一线希望，如同微暗的火，说不定何时，在某个意想不到的角落，它又意外地出现了。“电脑甚至连这点想头也不给你，没了就是没了，真让人绝望。”

对我说这话时他已经有点缓过来，这才有可能比较哲学化地与我探讨有与无的问题。他说看人家弄他那台电脑，就像站在一濒死的亲人旁边，咫尺之遥，却不可及，分明知道那些文稿就在里面，就是没办法取出来，真是急煞人。我驳他，说哪来的“里面”、“外面”？电脑“里面”有什么？你把它大卸八块，掰开揉碎了，也找不到一个字。他想想道，也是，这就叫“数字化生存”——有形变作无形，“有”和“无”，“在”和“不在”，都是另一回事了。言毕又摇头：“真让人崩溃。”一声叹息，也算是与“崩溃”的现实和解了。

## / 酸 sir /

sir 是先生的意思，因为香港电视剧里的警官满口“Yes，sir”，这个字眼也便进入我们的日常语汇。有位仁兄在学校里教古代文学史，为人行事颇多书呆子气，又喜欢咬文嚼字掉书袋，他太太就给起了绝妙的绰号，叫“酸 sir”。

“酸”有穷酸或者迂腐之意，酸 sir 于二者恰好占全了。穷是不用说的，让太太气不过的是他还时常自我感觉良好，说起同事 ×× 下海了，又或 ×× 拿了几千元的小本钱炒股居然赚了几百之类，酸 sir 于表示理解之外，甚或要显出怜悯的表情，大有众醉独醒的意思，又颠头簸脑说什么“一箪食，一瓢饮，回也不改其乐”。太太抢白他道：“就守着你那几本破书，食什么，饮什么？只配喝西北风去。”酸 sir 也不恼，牛头不对马嘴冒一句：“吾养吾浩然之气！”

可是“浩然之气”也有养不住的时候，有时不免就化作了牢骚，比如说到教师的待遇太低，说到某某不学无术，居然也做了教授。牢骚归牢骚，酸 sir 行起事来还是一样的迂。评职称那阵子，酸 sir 坐不住了，有几分像热锅上的蚂蚁，担心会做人的那些同事们占了先，却又无计可施。太太出主意，让他去领导那里走动走动，酸 sir 想一想，去了，路上还买了一包“红塔山”，虽然他素来烟酒不沾。不到半小时，酸 sir 转回家中，满脸沮丧，眼见得是出师不利。太太惊问何故，原来他一边与领导答话，一边总想着如何不显生硬、自然大方地递上一根烟。抽着烟说话，岂不热络、随便？不想总觉时机未成熟，直到自觉已该告退之时，手攥着那包烟依然在将掏出而未掏出之际。一心二用，说出的话全然不得要领。

太太想丈夫不善应对，不如令其再跑一趟，更不打话，送上一份礼便走人。不料酸 sir 正色道："谈一谈，是便于领导了解你的情况；送礼，那就过了。"又硬邦邦莫名其妙抛了一句早已过了气的名言："穷，要穷得有志气！"朋友到一处，他太太常拿了他的种种举措当笑话。有朋友就笑说："酸，太酸！该加点糖中和中和。"酸 sir 也笑笑，说："加了糖便甜腻腻，昆德拉怎么说的？——那叫'媚俗'。"

众人笑，我也笑。读书人自古就留下一个穷酸的形象，只是从前的酸秀才，旁人一面笑他迂，一面也不敢小觑，因为他保不定哪天就中举；现而今书中再无"黄金屋"、"颜如玉"，"酸"已是一面倒地成了笑料。笑归笑，我还是敬重酸 sir，不单因为他学问好，更因为"物以稀为贵"，在穷酸已然做不得幌子，修不成"正果"的年头，能留得几分酸气，也就不易。

## / 易容之术 /

武侠小说常写到所谓“易容之术”，即是改头换面的招数。我在不止一部书里看到过，当时未尝留意有无具体过程的描写，即“容”如何“易”法，自然也就不晓这是属于化妆还是整形的范畴——想来还是前者吧？

想到这一茬儿，起因是一老友最近对影楼的艺术照忽地大生反感：“这也叫‘写真’？简直就是易容术！”这些年“写真”越来越有取代“照相”之势，艺术照的另名即作“艺术写真”。我这朋友是认死理的，这上面也要循名责实：写真者何？就算不是素面朝天，以真面目示人，稍作修饰，总要见出其人吧？倘弄得面目全非，等于手续简便的整形，干脆就叫“易容”还来得贴切　　因为易容术恰是以不让别人认出为目的，一经识破，就算失败。

他说那话时的神情可用义愤填膺来形容，让我莫名惊诧：眼下给人添堵的事多的是，跟影楼置什么气？一问，原来他太太拍了一套艺术照回来，多大多大的，客厅、卧室里挂得都是。他太太我也极熟，不是个顾影自怜，喜好对镜顾盼的人。还记得有一回她父母不知什么缘故得了张照相馆的优惠券，专供老人补拍结婚照的，便拍了一张回来。她看了大笑，说简直就像旅游景点硬纸板上抠个洞让人探出头来的那一种，关键是两张老脸月朦胧鸟朦胧的，油光水滑起来，不知为谁，挂在卧室里，别人见了，莫名其妙。二老架不住嘲讽，没几天就让“摄影艺术”躲到某个旮旯里去了。

但是现在的影楼哪里是过去的照相馆可比？她两个姐姐都光顾过了，扛了做得跟《ELLE》

杂志似的一大本册子登门来展示，一张张好似乱世佳人。不仅展示，还撺掇，说红颜易老，再过几年想拍也拍不出来了。我朋友在旁听了大急，不好意思说出的是“你们不都拍得跟年方二八的美人似的”。

如他担心的那样，太太当真就动了心。过不久便大大小小提了一堆回来，装订成册的、挂墙上的、支在桌上的，最大的一张以他的话说，超过“文革”时他们家最大的那张宝像。他失望之极，认定他曾在太太身上发现的最大优点——不虚荣不矫情，从此消失。

像与不像，成为争论的焦点，相持不下，须有第三者的裁断。太太的女友异口同声，都说像，并且十有八九都要问出自哪家影楼，——倘要做直销，发展几个下线绝对不成问题。他马上陷入寡不敌众的境地，在他看来，问照片与真人之间像不像，这本身就是荒唐之极的问题。而且他也没法组建他的后援团，难道有人登门便捧了太太的玉照让人做鉴定？事实上正相反，倘有人说好了来访而他又恰好想起此事，他会忙不迭地将客厅里的照片藏起，生恐来人笑话他的不能免俗。

然而太太在家，“坚壁清野”就只能缓行。很不幸，我最近一次登门，他太太就在家中。更不幸的是，我被邀裁断像与不像的问题。据说她儿子曾指出，这是明星，不是妈妈。她婆婆不大会说好话，居然只说是有点像。他儿子的诛心之论我所不取，公平地说，至少有几张，细辨之下，可以对号入座。我认为礼貌还是当讲的，道：“怎么不像？当然像！”过后朋友背了太太发感慨：没办法，女人在别的地方容或现实主义，到面对自己的时候，一个个都变成理想主义。

第三辑

# 到此一游

## / 出门在外 /

出一趟远门，游玩得兴奋，疲乏之外，我们常常捎带回家种种的抱怨，卧铺票买不到啦，车厢里如何挤得上厕所也不便啦，住处如何不易找啦，人地生疏被人宰得惨啦，等等。这实在是“授人以柄”，家里人接了话茬儿便要奚落道：“这不是花钱买罪受吗？”奚落之外是教诲：“在家千般好，出门一日难。”

可是下一次有机会，爱出游的人还是义无反顾地出门了。可见至少对这些人，旅行之苦究竟敌不过旅行之乐。然则旅行到底带给我们何种快乐？在画报、影视上，见到黄山的雄奇秀逸、九寨沟的如诗如梦，去了，发现果真如此，当然有一份验证的喜悦，相信了真有那“不似在人间”的美景。然而常旅行的人也多得是相反的经验，比如登庐山，眼中的庐山瀑布并无李白诗中“飞流直下三千尺”的气势；到新疆，发现维族姑娘并非像歌舞中那般满头细长的小辫，衣饰也不如想象中的漂亮。这样的发现使我们游兴大减吗？未必。日本一位爱旅行的作家鹤见佑辅说：“在旅行中能够遇见若干美丽的人、伟大的人与聪明的人，只要见着这些人就满足了。”然而这是可遇不可求的，遇不到这样的人，旅行便兴味索然？非也。真正爱旅行的人，眼睛绝非只盯着他的目的地，他也并非抱着什么具体的目的。对于他，旅行本身，它的整个过程都充满了乐趣。如果他事先就有一种期待，那这期待也是蒙眬的，他期待着某种新鲜的人和事。什么样的人和事？不知道，妙也就妙在这“不知道”。

出门在外，晚报不读了，电视不是到时必看了，种种新闻到你这里或者已经成了旧闻，一时间大有“不知有汉，无论魏晋”的感觉。事实上，踏上舟车的那一刻，你已经暂时地让自己变成了一个流浪汉。在家的日子千篇一律，今天是昨天的重复，明天是今天的再现，你知道八点钟得去上班，下班了要顺路到菜场买菜，甚至也知道晚上会同老婆就某个争论了无数遍的鸡毛蒜皮的问题再吵上一架，一切都在意料之中，就像孙悟空翻不出如来佛的掌心。流浪汉的世界却是变动不居的，他去的是他没去过的地方，不知道路上会碰到什么样的人，不知道晚上睡在什么样的房子里，不知道第二天吃的是米饭还是面食。一天有一天的新鲜，你总不能确定知道明天会发生些什么。

不单遇到的是新面孔，你自己有意无意，也会扮演新角色。我们普通人，不比偶像派的歌星、影星，须得一番戴面具式的“包装”、“定位”——“纯情”的必须始终如一挂着甜腻腻的笑，“忧郁”的必须整日哭丧着脸。但平日我们是在熟人堆里。孩子面前，要有大人的威仪；学生面前，要有老师的尊严；上级面前，要有下级的谦恭。诸般行止，都有规矩，没了规矩就丢了体面，就是失态。出门在外，我们却是“赤条条来去无牵挂”，你不认识周围的人，他们也不知道你是谁，百无禁忌说不上，小小的放肆却无伤大雅。穿着奇装异服招摇过市你敢吗？在外地你敢了。武侠小说里说到主人公一声长啸，吐尽胸中郁闷，在你生活的都市里你敢“啸”吗？泰山顶上你放开嗓门喊了。在熟悉的环境里红头涨脸跟人吵架有失体面吧？出门在外，你同人家吵得粗话也骂出口了。总之，你好像觉着自己脱离了原来的坐标系，似乎有几分为所欲为的自由了。

有一个朋友，时常口称“我们五十年代的人”，“五十年代”在他口中兼有保守、本分的意思。平素同妻子一起逛街，妻子温情脉脉要挽臂而行，他偏是不让，怕给熟人看见要笑话：“老家伙了，还讲个情调哩。”前不久夫妇俩到外地旅行，在杭州大街上转悠，满街是人，他居然敢于同妻子勾肩搭背，更有甚者，有一回游“花港观鱼”，一路说笑，到高兴处，竟在光天化日之下抱着老婆“啃”起来，旁若无人，——谁也不认识他，“众目睽睽”对他也没了威胁。他说起这事一副取笑自己的模样，却还是掩不住因自己的出格、放肆而生出的得意——放肆真是有快感的。出门在外，恰恰允许我们放肆。就为小小放肆带来的大大快感，旅行也是有意思的吧？

## / 看 黄 山 的 脸 色 /

山上气候的变化总是大于平地，我们常说哪里哪里的天气像小儿的脸，说变就变，你上黄山去看看，才知道什么叫作变幻无常，说哭就哭，说笑就笑。管理人员就说，天气预报出错的概率大于报对的可能。事实上也不能说黄山一点准谱都没有，当地人说，一年三百六十天，这里两百多天都是阴雨天气。也就是说，大多数时候，黄山都挂着脸，或者说，哭丧着脸。

以此推论，通常情况下，上黄山，我们不过是去看黄山的脸色。只是上黄山的人都不知道那个大概率，或不相信概率，宁可相信自己的好运气。这里面颇多耳食之言的误导：去过的人这个说他看到了日出，那个说他见着了云海，黄山没给好脸色看的那些游客多半捏鼻子不吭声——谁也不喜欢吹嘘自家如何走麦城。就算游黄山归来的失意者肯于说出真相，要去的人也不会打退堂鼓，出游的人于正面负面情形的听取总是一厢情愿式的，没有谁会出门之际先给自己来一番煞风景。结果上黄山，谁都奔着日出、云海去。这差不多等于要让黄山天天赔笑脸，黄山却哪来这等好脾气？

我说归来者常常报喜不报忧是有根据的。我有三上黄山的经历，夏秋之交、冬天、春天各一次，只有一次，算是看到了云海，其他两次，真正叫作“云里雾里”。虽然于两度铩羽而归并非有意隐瞒，说起黄山，大肆渲染者，却还是云海日出如何壮观，仿佛自家是个百分之百的幸运儿。一九八三年暑假将尽时第一次上黄山，至今记忆犹新。凌晨三四点钟爬起来，裹了招待所的被子从“北海”往“清凉台”走，山道上络绎走着看日出的人，电筒的光束在黑暗中缭乱，脚步杂沓之间是空山里被放大了的说话声。

看到云海的兴奋就不必说了，反正后来多次在飞机上看到云海，都没有那次放眼笋峰在云海中如同座座岛屿的画面来得生动鲜明。只是云层太厚，没有看到日出。这令我存下一念，要再登黄山，好比一幅画还差最后一笔，将日出那一笔给补上，才算功德圆满。哪知道那次看云海，已经是黄山给我的最大的面子了。

一九九二年冬天，再上黄山。观日出须天气晴好，皖南山区，冬天里常常是云遮雾罩，不相宜的。我图的是淡季里人少，在上面多住几日，老天总会赏个脸吧？喜的是到温泉的那一天，阳光普照，冬日的晴空，有一种特别的澄澈。大大失策的是，我们花了一天去逛一处新开发的景区“翡翠谷”，也许就是这一天之差，待上山时，黄山已然“面目全非”。爬山时也就罢了，虽然已是阴天，时不时就淅淅沥沥下一阵雨，却毕竟是行路，看是走之余，也不觉怎样。时有雨雾飘来，大片的凉湿似乎就在身前身后游弋，杜甫所谓“山从人面起，云傍马头生”，也就仿佛吧？到开阔处欲纵目眺望之时，就见出云雾的可恶：不是所谓“山色有无中”，是那些峭拔的笋峰整个消失了——最原本意义上的“遮蔽”，满目是混沌的灰白。在山上的几日，黄山就这么紧锁眉头、愁容满面，不要说日出，云海也不得一见。我们好像是登门拜访吃了闭门羹，不能赖在那儿不走，待弹尽粮绝，打道回府也是唯一的选择了。

不会运气总那么差吧？又过若干年，春天，再上黄山。这次上山之前就是春雨绵绵，但人的一厢情愿是什么也挡不住的：不是说山上的天气变幻无常吗？安知转天不会笑脸迎人呢？没想到情况比前一次更糟糕。接连几天，终日大雾弥漫，走在道上，视线不出十米开外，距离稍远则一树一石都成影影绰绰的剪影。

我们困在“北海”的宾馆里，时不时出去打探老天的消息，或者干脆往观景的地点去碰运气。大多数时候，是雾里来雾里去。倘云雾可视为一体，你尽可将其美化为“云中漫步”。但我一口咬定云是云，雾是雾。我不知道“云”和“雾”该怎么下定义，兀自与人乱辩，说雾是弥漫性的，不成形，至多是朦胧的大团，甚至下到地面的，每每欺上身来，有一份不招自来的狎昵，云则可以有清楚的轮廓，可以如地毯般铺展开，却是不得近身的，只可远观。有次到“西海”，当真是云开雾散了，一座座笋峰撩开面纱，云雾洗濯之后，有种特别的水灵润泽的清晰，峰上的一棵棵树仿佛也看得真切，美得如同仙境。然而真正是“好景不长”，只几分钟工夫，大团的浓雾飘来，一切的一切，又皆掩去，恍如一梦。这时候才体会到，我们对黄山的态度，简直称得上低三下四：原本奔着日出、云海而来，此时已再无奢望——不过是敷衍式的偶露一面，我们就已感激不尽了。算来山上数日，就是等候召见的状态，那边厢则好似“郑重芳姿昼掩门”，矜持到不能再矜持。

两度败兴而返，再遇有人兴兴头头要上黄

山，我便不再渲染云海日出之类，倒要打起预防针来：要有看脸色的心理准备，黄山嘛，谱大得很啊。

## / 珊 瑚 凶 险 /

热浪岛因《夏日麽麽茶》一举成名，已是多年前的事。几年过去，旅游热浪一浪高过一浪，热浪岛虽然还不至于擎受不起，但据说水质不如从前，鱼也少了。马来西亚的学生因此向我推荐距热浪岛不远的停泊岛。于是便去那里。

在岛上三四天，大部分时间只干一事：浮潜。浮潜其实与“潜”无关，钻入水下才可以叫“潜”，浮潜主要是“浮”。每天早上起来，就见些欧美的游客带上可以武装到牙齿的装备，头盔、橡皮潜水衣，还有氧气瓶，登上小船，严丝合缝地找地方潜水了。那是可以下到海底的，看了让人眼热。但那样的潜水要有执照，要不就得参加为期三天的学习班，拿到“文凭”之日，差不多也就到了离岛之时。所以“潜”是无望了，只能满足于“浮”。好在浮潜也让人兴奋不已。

其实不待浮潜，到这岛上，已似踏入别一世界，椰树、沙滩、大海、木屋，都可入画。白得耀眼的沙滩、葱茏的热带植物、斑斓的海水，一概是明亮热辣的色彩。用“斑斓”来描述海水似乎不对，但的确是斑斓，断不是一个“蓝”字足以形容。岸边透明白亮，清澈到下面的沙仿佛粒粒可数，由近及远，浅绿、蔚蓝，终入于深黛。我所谓“斑斓”者，尤在海滩一带，炫目的蓝绿之中又有一处处黑的深浓，那就是因海水清浅而映现上来的珊瑚礁了。难怪沙滩上躺着看书晒太阳的老外时不时丢了书对着眼前景长久地发呆。

但从第一次在水里睁开眼睛起我就知道，恐怕没多少时间去晒太阳了，只要是白天，就会待在水里，浮潜。不过是一个面罩，甚至一副泳镜即足矣，抬着头是一世界，俯下身去，浮起来，眼睛下视，一秒钟就能完成的简单动作，一个别样的世界便忽然呈现出来——就这么奇妙。随度假村的小艇到一个浮潜点去了一次之后，有天惊喜地发现，住处门前那一片海面即时常有彩色的鱼群游弋，而不远处即有大片美丽的珊瑚礁，于是无待潜水导游引领，浮潜可以不择时地进行了。

旅行社的水上项目，许多都不离“发现”二字，浮潜也真可称作“发现之旅”。在水中不时会遇上其他正在浮潜的人，不拘会水的还是穿了救生衣硬“浮”的，最常见的动作是伸直了胳膊指着下面的某处，最常听见的是惊呼，因在水下，口中又咬着呼吸的管子，声音如同被绑架时堵着的嘴里发出的叫喊。意思却是绝不会猜错的，手指处，必是他的新发现：或是一只游弋的海龟、一丛绿色的珊瑚、一队蓝色的鱼，或是一只状如爆炸墨团的海胆。

海龟在浅水处是难得一见的，鱼群有时会游走，唯有珊瑚总在那里，随时等待着被发现。珊瑚常被当作摆设，只有在海里才能见出规模和千变万化。我没想到的是，珊瑚也可以构成一种威胁。活珊瑚不知触摸会是怎样，死珊瑚则或表面毛糙粗粝，或枝枝丫丫，如獠牙，如剑戟，碰上一下即是血痕一道。有次在住处门前浮潜，鱼群到别处去了，于是专意于珊瑚的发现，被各种美妙的图案和奇形怪状勾引着，不觉间浮到了一片珊瑚礁的中央。水下的距离感是错乱的，尤其是水这么清澈，很深处会以为极浅，极浅处会以为很深。此时看下面，就像电影里的海底世界，以为珊瑚遥不可及哩，不意右脚擦了一下。这就是说，这里水深顶多到腰际。一念及此，顿时有大的恐怖袭来：下面如同刀山，根本不能站立，而水浅如此，一百多斤的分量如何托得住？真是随时都有下沉触底的危险。想也无用，只有拼命游离珊瑚礁。游来时不知深浅，优哉游哉，也就来来，此时方寸已失，手忙脚乱，节奏全无，好几次就觉撑不住要站起来了。

幸而这片珊瑚礁不算面积太大。终于挣扎出

那暗色区域，看见下面是白色了，这才站起身来，海水仅及大腿根！虎口脱险，心有余悸，大喘气。饶是如此，脚上、腿上，还是多处擦伤。回去冲洗之后就想用创可贴一一贴上，后来却是贴了一半即作罢。因为要和几十年前漫画里画的美国伤兵差不多了，与岛上美景，实在不合。

## / 大理圣诞夜 /

大理与圣诞节似乎扯不上关系，那里信洋教的人并不比别处多，传统的习俗中也没有过圣诞一说。但千真万确的是，大理的圣诞比别处热闹得多。我说的“别处”是指国内其他地方。西风东渐，不知何时，国内也把圣诞节当回事了。首先是商家起劲，大商场大宾馆，莫不张灯结彩，竖起圣诞老人、圣诞树，以耶稣的名义大肆促销，再就是年轻人忙着寄贺卡，新年祝福借了圣诞的光提前派送——所谓“节日”气氛，也就尽在于此。大理则不同，圣诞在那里似乎成了真正的节日。

我是偶然撞上的。那日下午在大理旧城里转悠，无端地觉得有种喜洋洋的气氛，一问才知道，这一日正是圣诞节。这才发现不时可见到圣诞老人、圣诞树，印象更深的倒是大街小巷的店铺门前都堆着一箱箱喷罐在卖，就像中小城市过春节时满街卖烟花爆竹。知情者告我，大理的圣诞不一般，差不多是全民参与，高潮就在晚上。为旅游而来，这样的热闹不能不赶。晚上八点多，数人同行，从住地再入城中。此时老城已是灯火通明、人声鼎沸，道边的树上都拉上彩灯，白族民居颇具特色的飞檐经彩灯的勾勒愈见玲珑。初时尚以为此地也像丽江那边一般，为了旅游开发夜夜张灯结彩，后来方知，彩灯是专为圣诞而设，过了这夜便没有。

洋人过圣诞，大多待在家里合家团聚，一如我们过年三十，只有巴黎那样的大都市，才有人群聚集在广场，所以平安夜真是平安。大理这边则好像所有的人都涌到了街上。新城下关的人还有左近其他地方的人一起往老城里涌，看人流经过城门，让人想起我们这边的元宵节观灯。毕竟是带些洋味的节吧，最热闹处还在“洋人街”。这条几百米布满咖啡馆酒吧的小街随了近年旅游业的兴盛早已闻名遐迩，此时与平日优雅慵懒的情调却是大异其趣。大街上是熙熙攘攘，这里则简直是水泄不通。人挨人，人挤人，几乎挪不动步子，我与同伴不一会儿就被挤散。这头挪到那头，不知要到何时，好在谁都是来扎堆，不是来散步。到这时我才明白街头的喷罐生意何以那样红火：外人固然是赶意外的热闹，本地人则是有备而来，几乎人手一罐或是数罐，见人经过，不问生熟，逮着就喷。更有好事者，将咖啡酒吧前的露天桌椅作了高台，立于其上，居高临下，指哪儿打哪儿。喷罐里射出五颜六色的彩条，或是白色的泡沫，路经者几乎人人中招，或满头堆雪，或披红挂绿，倒似在经历狂欢化的“洗礼”。有躲闪避让的，有奋起还击的，大呼杂以小叫，嬉闹伴以笑骂，整个沸反盈天。

有笑的，却不见恼的，连警察叔叔也不恼。

几个姑娘小伙儿朝人群喷了一阵，相互间对射一番，还是意犹未尽，把维持秩序的警察当了新的猎物，围上前劈头盖脸就喷将过去，警察笑着避让，也算与民同乐。没大没小，不分彼此，肆无忌惮，这就有点狂欢节的意思了。我寻思这般闹法，必是从泼水节演变而来，虽说圣诞是洋人的节日，而喷罐本是舶来品。有趣的是，洋人此时大都待在酒吧咖啡馆里，少数挤在街边看热闹的也更像是旁观者——大理的圣诞节，没耶稣什么事，甚至也没洋人什么事。

## / 汉 语 在 大 马 /

马来西亚五方杂处，多种语言并用，许多华人都能操四五种语言，有人戏称那里的人个个是语言天才。

也是情势所迫。

这个马来人最多的国度，马来语被定为唯一的国语。华人为第二大民族，既然占到全国人口的百分之二十四点六（二〇一〇年），似乎汉语也应成为国语才是——加拿大法语人口占百分之二十三，法语就被定为国语，不仅政令，一切商品上也都是英语法语并用，大马却不然。按照当局的规定，甚至排在第二的也非汉语，第二位的是英语——当然是拜英国长期的殖民统治所赐。

要在这个国家里生存，马来语、英语必须掌握，加上汉语，已有三种语言。从大陆迁来的华人又有明显的地域性，多为福建人、广东人，福建话、广东话天差地别，各有系统，故华人之间的交流，也须至少会说两种话，否则福建人与广东人对话起来，就是鸡同鸭讲的局面。与时推移，华人中能说普通话的越来越多了，然说方言已有传统，不通闽南语、粤语，仍然“行之不远”。普通话在此间被称作“华语”，只是汉语中的一种而已。

多民族国家，掌握多种语言的人更能玩得转，华人享受不到马来人可以坐享的各种法定的福利，更须靠自己的打拼，习得多种语言也是打拼的一部分。从政从商者须与各种人打交道，似乎语言上也更应付裕如。我有个经商的学生，大马流行的语言，印度语之外，几乎都会，上述五种之外还能说客家话、潮州话。跟什么人说什么话，转换起来，就像看电视换频道那么自如。

会的语言多，“交叉感染”殆不可免。大马华人的语言就颇为博杂不纯。比如英语，虽然贵为第二语言，马来西亚的英语，英语世界的人却多半听不懂。非英语世界的人说英语多半有口音，与英国为邻的法国人亦不免，但大马英语的费解，别处少见，通英语的人几乎也像是听外语。有学生自嘲道：那是供马来西亚“内部交流”用的，难出于国门之外。

不知道那些方言的使用上是否纯粹一些，当然，我更感兴趣也更能做出判断的是“华语”。这上面口语犹有可说，当地华人在更强调规范的书面语中的表现，才更让人挠头。我所服务的南大文学院在槟城办有一硕士班，第一次指导学生论文，我和我的同事均大呼头疼：按我们汉语的规范和习惯，看到的论文可说是病句连篇，改不胜改。汉语水平就那么差，差到似乎应该重修中小学语文？其实不是。后来才知道，当地的华文学校就是这么教的。而类似在我们眼中别扭、不通的表达，大马的华人出版物上屡见不鲜，显然在当地具有合法性。再后来我对“病句”的修改就少多了，倒不是偷懒，实因我同意语言是约定俗成的，规范也是对既成语言现象的尊重和承认。许多我们不习惯的表达，在马来西亚不失其普遍的有效性，那就该接受吧？汉语在大马已然在地化或曰本土化了，就像英语在很多地方已发生变异一样。

尽管如此，读到马华报纸上不说“百分之二十”而说“二十巴仙”，不说“使得”而说“使到”，不说“两万八”而说“二十八千”（看到或听到这类表达，几乎百分之百可以肯定写者或说者必是大马华人无疑），还是不免会心一笑。“巴仙”是对percent的音译，“二十八千”自然也是从英语计数的习惯而来，“使到”却不知缘何而起。

“会心一笑”里不乏讪笑的成分，有时也会提醒，莫笑他人，我们的汉语不也越来越不纯了吗？到过某地不说“去过”，说“有去过”，还有“有看过”、“有吃过”之类，算哪门子汉语表达？较之汉语在大马的“异化”，这是我更不能接受的。

# /“一国两制”/

我的本命年，照迷信的说法，会有些不顺，没想到应在出国旅行上。上半年要去土耳其，事先看帕慕克、读突厥史，抱着许多幻想，不想未出国门一步，在机场上被挡回了。去马来西亚槟城授课，打算借机去一趟远比西马原始、神秘的东马，也是蓄谋已久的，不料又在机场被阻。一次出不了中国，一次进不了东马，皆因手续不全。

往土耳其，因我是公务护照，那边可以免签的，问题是持此种护照，组织上就得管起来：签证可以没有，须得有外事系统的出境证明。据说犯了事携款外逃的贪官不在少数，此举也是针对他们的一种设防。本人无论在主观意愿上，还是在现实条件上，都不大具备成为贪官的可能，不过倘多这道手续能逮住几个不法之徒，麻烦一点也没什么。我不知就里从南京跑到北京与人会合欲往土国，结果无功而返，当然丧气，同时也怀疑弄个出境证明什么的，对贪官不是难事，——不过就算给他们增加点难度也好吧？

我觉得特别冤枉的是未能成行的东马之旅。送我到机场的陈小姐原是要陪我办了登机牌再回的，我想托运个行李之类，简单的英语就行，何必烦人？她道，不会有什么事吧？我坚持让她走——护照、机票，一应俱全，还会有什么事呢？不想当真就有事。在大马，公务员或是机场、高速公路一类国营或带国营性色彩的机构，就业机会多是留给马来人的，华人、印度人基本不能染指，给我办手续的那位小姐一望而知是马来人，虽说她不像大多数马来女性戴着头巾。但马来人与华人之间的某些不谐显然并未延伸到日常交往上。那小姐和颜悦色、彬彬有礼，只是验了我的护照后对我说：“你需要另一个签证。”我以为她是指我的签证期限有问题，便加申说，并指示返回机票的日期，以证此行绝对在有效期内。对方不为所动，说：“你要去的是东马，须有多次出入境签证。”我问，东马、西马都是马来西亚，难道不是同一国家？她承认是一个国家，不过，是不同的地区，“你必须得到另一张签证”。为什么呢？她一口咬定西马、东马不一样，至于为何不一样，我怀疑她也说不清。

后来我才知道，东马亦即沙巴、沙捞越，从西马到东马也要签证。心想“一国两制”，不独大陆、香港为然。当然严格说起来不是一回事，因为西马、东马都是搞资本主义的，在“姓社”、“姓资”的意义上，其“制”乃是一回事。但这区别对我不重要，不论是什么样的“一国两制”，反正没有另一张签证我去不了东马，正像没有港澳通行证我们进不了香港一样。算起来都与英国人的殖民活动有关，所以我垂头丧气结束了尚未开始的旅程，离开机场时愤愤地想：都是英国人惹的祸！

# /黄河边·厕所·中秋月/

“碛口客栈”的店招就竖在黄河边，原木的柱子，镌了字的木板没上漆，浑朴一如黄土高原的调子。隔着石头的路就是旅店，几百年前的老房子，典型的窑院，从外面就可见倚着山的一孔一孔的窑洞。外墙却是巨石砌就，配以进出的门洞，看上去像城堡。河对面已入陕西的地界，和这边一样，黄土漫漫，沟壑纵横。没来由地想到电影里的“龙门客栈”，——也不能说此念整个空穴来风，面对江南那样的地貌、建筑，包括店招的样式，再不会做此想。

当然，并无四伏的杀机，绝对是承平之相。

碛口号称“九曲黄河第一镇”，虽远不似平遥的游人如织、摩肩接踵，这些年经吴冠中、陈志华等一众名家的品题，“驴友”的口口相传，名声也渐渐大起来。又逢国庆长假，荒村野店的，居然有点车水马龙的意思，远道而来的私家车每每充塞道路。

柏油路到了客栈这里便告一段落，门前的这段石板路并非镇子内部的街巷，乃是公路的一段，往北去可到临县，到陕北的佳县也可从这里走，车一多，这一段自然形成“肠梗阻”的局面。晚饭后出来逛，络绎于途的货车、私家车已将这段路堵得严严实实。客栈不大的庭院里也塞满了游客的车，通过石拱门得侧身贴着壁才出得来。很后悔赶了这么个热闹的时候来，据说碛口平日游人不多，很萧索的。不过也好，在黄河边上过个中秋。

原是住在距“碛口客栈”几步之遥的“黄河宾馆”的。那边与这里一样，清朝年间也是一处商号，比这窑院更有气势，主体是依山而建的五层窑洞。行前电话订他家房间，有一端即是在网上看见一张夜景照片，每孔窑洞都亮着灯，一一勾勒出拱形门窗的轮廓，还有复杂的窗格。一层一层叠上去，门前又各有大红灯笼高高挂，看上去很是壮观、喜人。那么就是它了，还可以住窑洞。到了碛口才知道，住窑洞实在是太容易满足的要求，因为依着山势筑窑洞而居，恰构成黄土高原民居的建筑特色，都住窑洞。像吴冠中惊为“平生三大发现”的李家山，更不用说。

“黄河宾馆”号为“宾馆”，其实也就一客栈。虽然订的是“标准间”，其“标准”却显然是地方标准，与俗所谓“标准”不接轨。入住的窑洞仍是转轴的木门，窗户上不见玻璃，细密的窗格上糊着纸。“洞”口被门窗占满了，从上到下，好似落地窗，门的大半截也糊着纸。到里面一看便悟出纸糊的部分何以占那么大面积：窑洞除“洞口”外别无出气处，全指着这一面让光亮进来。以我的预想，黄河边小镇的“标准间”，也就该是这样。无如此次出游是挈妇将雏过来的，不得不向标准靠拢。只去了下洗手间我便知道，“标准”在妇、雏那儿肯定要被判为不达标：里面有股异味，抽水马桶好似染上黄土高坡之色，难辨本来面目，最奇的是并未固定，坐上去便摇晃，有翻倒的可能。果然母女二人很快由初入窑洞的新奇、兴奋转为愤然，谋划第二天就去寻更标准的去处。

其实窑洞弄成这样，已属不易，房中有电视、热水、一次性牙刷，甚至还有网线。想不到现代化的全部努力，败于厕所。应该有所料的：动身之前在网上搜索碛口的信息，有关住宿设施的，好几条都写：“厕所：露天”——足以让白领、小资吓一跳。那是小客栈的情形，但有一像样的厕所之难，也就可以想见了。事实上不独碛口，甚至平遥，成为“世界文化遗产”已有十年了，露天厕所还是随处可见。通常是院外用砖石围起半人高的墙，没门，里面一蹲坑，自然的，像钱钟书《围城》里写的不良厕所，“气味老远就放着哨”。平遥老城里，离开观光线路，走入居民区，就有尿骚味在青砖黑瓦的老房子间游弋。居民区没了收费的旅游厕所之设，我在那一带转悠，内急之下，要寻露天的行方便，居然吃了闭门羹。是在一破旧大院的拐角处，眼见一老者出来，待到跟前，已有一低矮木栅栏拦着，并且自制铅丝搭绊上挂着锁。后来发现，平遥私家露天厕所多有上锁者，与碛口厕所的夜不闭户的情形迥异，想是过路人太多，不胜其烦，只能设防。至于何以不速速“现代化”，并不难猜：老建筑原无排污管道，铺设起来，比盖新房代价大得多，像碛口山地窑洞那样的，更不必说。

这一类“阴暗面”——厕所之“阴暗”实理所当然——游记里大体是秘而不宣，即网上帖子偶或提及，亦语焉不详，毕竟不能让区区厕所，毁了游山玩水的美妙记忆。主持旅游大局者则不能不闻不问，二○○八年奥运之前，有关部门搜罗老外对中国观光旅游的意见，反应最剧烈者，居然就是关于厕所。不仅对景点如厕视为畏途，且将不良气味等，举为“落后”的证据——不仅是观瞻所系，也是文明之所系了。

事实上“碛口客栈”的厕所也并不高明。有“黄河宾馆”的经验在前，搬到这里便有事前的侦察：前不久刚装修过，果然窗明几净，马桶亦白净可喜，水流畅通。不料第一次使用，便有沉渣的泛起。这也是网上资讯秘而不宣的，大加渲染的是地势极佳的位置，周周正正的窑院。最加称道的却是门洞顶上面朝黄河的一处平台，闲坐其上，看黄河，喝啤酒，“小资得一塌糊涂”。撇开“小资”云云不论，都是真的。还有一样也是真的，“黄河宾馆”房价是128，这里是188。贵了点，不过单凭守着这视野空阔的露台，也就值了吧？

我们就假定，房钱是为这院子，为露台，而非为厕所掏的。比之“黄河宾馆”的浑朴大气，这院子更显玲珑小巧。从拱门进来是个四围带着拱廊的庭院，正房是两层窑洞，两厢是两层的楼房。拱门与一进的房子连作一起，却只一层。如同中国的民居院落一样，窑洞都朝着院内的天井，从外面看直似一堵厚重的墙。拱门的存在更助成厚重的感觉，说像城堡，这也是一因。其上是平顶，成了宽阔的露台。多层的窑洞如梯田一般，一层一层依着山坡往后缩进去，下面一层的屋顶恰是上一层的屋前空地。我们住“楼上”的窑洞，门前宽阔的一片，沿着两厢的走廊与拱门上的露台连起来。朝中间下视，四面朝向中央的黑瓦的屋檐，单看上面一水的青砖铺就，倒像一微型的城郭。而到露台上，则有几分像是在城墙之上的意思。

关键是视线一无阻滞，东望可见黄河拐了一个小小的弯，西望更见空阔，大同碛、麒麟滩似亦已在望，虽然事实上看不分明。不是长江中下游“极目楚天阔”的那一种，黄河的这一段并不宽阔，至麒麟滩，中间江心洲，河道分岔，从河岸这边看过去，直似一条小河，断不会有“黄河之水天上来”的联想。客栈门前的这一段水流也不急，并无“奔流到海不复回”的气势。不过浑黄的河水被挟持在漫漫黄土高坡之间，极目之处，蓝天底下，莽苍苍一派浑黄，也自有一番气象。

待夜深人静，月下的黄河又是一种面目。在碛口的头一夜，不知为何，三点钟从梦中醒来。土炕前的地上，窗棂勾画出分明的月影，门缝间也有一线投下，却亮而清晰。又隐隐地听到声音，不知何物从哪里发出。推门出去，那声音突然就分明起来，是水声——当然，是黄河的声音。“梦”与“涛声”是文学意象的组合，也恰能在文学里共容。“枕着黄河的涛声入梦”，这是诗化的说法，想不到在碛口却是实情。涛声与人声是此消彼长的关系。黄河水声白天是听不到的，人制造的各种声响让它没入了背景，唯在夜里又从背景里走出来，成为唯一。“涛声”其实不确，因黄河流到这里大体上是波澜不惊，再往下到壶口，才有惊涛骇浪。我知道，那声音是黄河水流经距这里大约一里路的麒麟滩发出的。那一段河床全是乱石，水浅不能行船。过去，由上面下来的船运货物至此就要换走陆路，这才有了成为水陆枢纽的碛口镇。

水流石上，声音才会如此清亮，却不是“清泉石上流”那样的冷洌，毕竟是河，那声音隐然仍有一种浩荡的气势。因想起在法国诺曼底海边听海浪自石滩上退去的声音，一波退去，海水漱着鹅卵石，窸窸窣窣，良久乃已。同行的人喻为大海在漱口，有节奏的，一波，一波。这黄河边听到的水声却是均匀的，连绵不断，在夜的静谧之中弥漫开去，与星光月色一道，组成天地间全部的声与色。我往高处走了走，能看到的地方全浴在月色之中了，河水不复浑黄，泛着银光，黄土地也染上了澄澈的蓝色的调子，让人模糊了这里生存环境的严酷。我在比较这里与江南的月色——总是有些不一样的吧？却也说不出所以然来。

那夜的看月是计划之外的，计划之内的是第二天晚上，中秋月。客栈里的人大概都有赏月的打算，头一夜那样的独揽月色是太奢侈了。形如城门楼的门洞上面，店家放了几张原木的桌子——不是城里高档家具的“原木”，是杯口粗的树锯了拼在一起当桌面，连着树皮，粗朴到不小心碗都放不平——这时成了“兵家必争之地”，未到晚饭时间，已然坐满了人。退而求其次，我们就在窑屋前空地上择一桌子坐下，不像门洞上有临河的空阔，未免意下未足。不道忽地来了一阵风，接着就有铜钱大的雨点落下，占好座头的人纷纷奔回房内或廊下躲避，皆在想：这中秋月是泡了汤了。

雨却并没有大起来，仍是随了风时紧时慢疏疏落落的雨点。没准会停下呢？纵无月亮，凭河把盏也是一乐吧？这么想着，我们便顶着雨点走出来，到门洞上坐地。幸运的是，不一会儿雨当真就停了。于是，点菜，喝酒，吃店家送的近乎烧饼的本地月饼。待天黑下来，灯亮了，桌边竖着的杆子上挂了一只瓦数不大的灯泡，昏黄的灯光愈显出浓重的夜色，黑影里黄河似乎就在脚下流淌。

此时，露天里早又坐满了人，成双出游的在喁喁私语，结队而来的则在喧呼斗酒。忽有人指了窑院后面的山间道，那是不是月亮的光？——

果见黑魆魆的山脊那边透出光来。怕是那边的灯光吧？这样的天气，月亮能出得来？这么想着，也不理会。过些时候再看时，山的边缘越发亮了，渐渐地就有一线银弧冒出来——果然是月亮！背过苏东坡《赤壁赋》里"月出于东山之上，徘徊于斗牛之间"，唱过"半个月亮爬上来"，却似乎从来没看到过月出。

那一弯银色的弧线变大起来，变作半月衔山，再后来，满满的一轮秋月升到了空中。日出是受追捧的，月出则没有被当成那样热闹的一个节目，也不像"日出"，仿佛就该有这么个现成的词，不想在黄河边不期地遇上。月上东山没有日出的磅礴气势，但在将出未出之际，我隐隐然发现月亮也是可以有光芒的，虽说不足以驱散"满天的乌云"。真的，此时还有大片的云在空中逗留，只是近月处白得发亮，近乎透明。看升在空中的月亮在云絮里出没，云在走，月无声，时而云破月来，别有一番意趣。

却也有几分酒意了。不知怎么就想起某年元

宵节驮了女儿到夫子庙去赶热闹，摩肩接踵全是人，观灯之余，抬头忽看见天边一轮月，不那么圆，却真正是皓月当空，天无纤云。然地下灯火辉煌，鼎沸的人声中，月亮无人理会，竟是有点假，单薄苍白，浅淡如同一张褪色的剪纸。当时就想，人气旺的所在，地下反衬得天上月亮黯淡无光了。毕竟比不得光芒万丈的太阳，试想太阳一出，人造的光亮便都敛迹了。黄河边上见到的月亮因显得很是真切，几盏昏昏灯火对她不构成威胁，反似在佐证她的真实的存在。云破月来，竟是有几分顾盼生姿的味道。

左近的一大帮人似是一个旅行团的，很是热闹，不断地有哄笑声传来。有孩子，像国内常见的情形，自然少不了不住地要求小儿表演节目，中秋团圆，这气氛没什么不对，但我却觉得烦，幸而他们的压轴节目是放孔明灯。十来个孔明灯络绎点燃了，火苗在纸胆里忽强忽弱地闪，一会儿就升到空中，明明灭灭，乘微风飘到河对面。对面，就是陕西的地界了。

## / 赌 场 的 早 晨 /

在赌城里诺待了三天，就住在赌场里。

赌并非我的使命，我到里诺是去内华达大学访学。住进赌场只为一样，它的酒店便宜——比汽车旅馆还便宜。这样的酒店有个名目，叫 Hotel and Casino，“酒店赌场”，或“赌场酒店”。用时兴的菜名说，可称“骨肉相连”，反正是一家，二位一体。在酒店大门不出，二门不迈，下了楼就到赌场。开酒店乃是为了开赌场（让你封闭在里面一门心思地赌），而非相反，当然也是指着赌场赚钱，食宿便宜，权充诱饵。

客房与普通酒店无异，挺“标准”，就是窗

户打不开。我因吸烟，订了个吸烟房间，却也不想室内整日云遮雾绕，发现窗子原是可移动的，却让封死了。后来知道，是怕输惨了的赌徒跳楼，店家要担干系——人家是规规矩矩经营，要你的钱，可不想要你的命。再一条，是得付费上网，论小时计价，贵得离谱。为何样样便宜，别家通常免费的项目偏要高价？倒不是想赚你的上网费，还是为了让你专注于赌。若住进一个赌徒而兼网虫，“不务正业”旁逸斜出大过网瘾耽误了赌，商家岂不冤枉也哉？所以这也是“规之于正”的措施。

碰到我这样的客人则他们只能自认倒霉。不是对赌全无兴趣，只是语言有障碍，参与不了更复杂高级的赌项，一人与老虎机较劲则很没劲，一点不刺激，有点傻帽儿。住了三天，一次没下场我就走人了，酒店里免费送的十美元赌券也废弃不用。

虽然不赌，我却喜欢逛，差不多一天两遍，早晨一遍，晚上一遍。晚上是高潮，人气最旺的时候。此时像里诺这样的美国中小城市，市中心大街上也已是行人寥寥，如同荒郊野外，赌场里却是人声鼎沸，入到里面即如进入另一世界。霓虹灯闪烁，老虎机此起彼伏地发出声响，这里那里有节目在上演，酒吧、餐厅里人满为患……如果没去过那样的赌场，撇去“赌”字不论，你可在某种程度上将其想象为一个shopping mall。我晚上去逛就是看热闹，这热闹早晨是绝对没有的。事实上区分早晨与夜晚意义不大，赌场里晨昏颠倒，夜以继日，日以继夜，一个与外间隔绝的空间似也在取消时间（里面那么大地方，真也没见到过提示着时间的钟），没有自然光的进入，虽然灯火通明，闪烁中也还是夜的感觉。因想到“不夜城”的概念，这里面突显的乃是夜不像个夜而制造出来的莫名兴奋。“不夜”的底子仍然是夜，夜的刺激很适于酝酿出赌的冲动吧？开赌场的人是天生的心理学家，试想光天化日之下，心情必是两样。

但赌场的早晨一点不刺激，赌客经通宵鏖

战，大多归房睡觉，酒吧、餐厅多半打烊，唯少数赌客还没精打采守在老虎机前——酒尽人散，意兴阑珊，这是赌场打瞌睡的时分。我这时的巡视完全是被动的：刚到美国，还在倒时差，每每四五点即醒来，挨延至六点，没半点睡意，肚子却不合时宜地闹起饥荒来。此时就见出住在赌场的好处：欧美人吃早餐多在家中，外面大多是不卖早点的，一大早就更是甭想，而赌场要让赌客夜以继日地赌，里面二十四小时都能找到吃食。有次居然还吃到了牛排餐，巨难吃，但巨便宜，也就没什么好抱怨的。糟糕的是我据此对美国人的早餐形成了错误的概念，以为非常之big，因为那一顿一块牛排之外有两枚煎蛋，两大片面包，一些烤土豆片，外加一大杯橙汁。美国佬真是能吃啊，早上就要吃那么多，我想。不知这差不多是赌场才有的，美国人不拘在家里还是到外面吃，通常的早餐并不那么夸张。想来这么早吃早餐的，唯有那些熬夜的赌客，对饥肠辘辘的他们，说是早餐，没错，说是晚餐，亦无不可。而我的这顿早餐在留美的朋友嘴里也就成了话把儿——“人家是早餐要吃牛排的……”

——那次是跑到另一赌场吃的，也是图新鲜。头一回大清早出赌场的门，从暗无天日的所在出来，就觉早晨的空气，真是清新。

## / 废 洞 不 观 /

游山玩水，我之所好。但也并非一切名胜山水，都能引出兴致。兴致的高低，关乎心境、游伴、身体状况，乃至天气，偶然的因素很多。不过也有一些，属个人趣味，较为稳定，比如说，以出游的目标归类，我不大提得起精神的，乃是游洞窟。

并非从来如此。小学时第一次集体去宜兴游“善卷”、“张公”二洞，我的兴奋，似还在登紫金山、游玄武湖之上。据我后来的分析，这兴奋有两个缘故。其一是小儿天然就好钻洞，洞窟天然就有一种捉迷藏的氛围，且来得神秘。何况大凡开发供旅游的洞，总有奇异处，或有飞瀑泻于洞中，或是钟乳石奇形怪状。“张公洞”则是洞中有河，要乘船方可出洞。其二是导游——当时似乎都称解说员——的能说会道。“善卷洞”的那一位，说得口沫横飞，不像现而今的导游，小和尚念经似的无精打采。他因我们热烈的反应兴奋异常，而我们的反应的确称得上热烈，认定他要比我们老师讲课不知生动多少倍。有一句词儿是被我们在相当长一段时间津津乐道甚至对人学说的。解说员指了一块石头问，像不像一头狮子？我们立马“像——”成一片，他好整以暇，徐徐反问道：“象？！”反身朝另一侧一指，电筒也照过去——“象在这边！”果然指的那块巨石是一头大象的样子。我们简直崇拜的心都有了。当时尚无主持人一说，如有，我们恐怕会认定那是最好的串连词。

等到长大，游的洞多了，对洞窟渐生倦意，再无新鲜感。所厌倦者，恰好正是过去喜之不胜的两项。首先是钻洞，被封闭在里面，当然没有什么“登临意”，“星垂平野”、“月涌大江”之类的景象，想也别想，就觉堵得慌。黑暗处如盲人行路，主打景点则一概打着红红绿绿的灯，人为地光怪陆离起来，像一台布景，看着就假。而我最不耐的，则是导游的讲解。一大群人跟在导游后面，听他或她就着石头附会出一连串毫无想象力的故事，届时还一定少不了要接受“像不像”的考问。导游若是特在意讲解效果的，还会追着问：“说大声点——像不像？”一大帮成人立马小朋友似的齐声答：“像——”我觉得这很弱智。

所以若是自己出游，我大体上是遇洞则避，废洞不观。但若是跟团行，你便没了选择。这一回访越南的下龙湾，便是随团去的。下龙湾的奇观绝对当得起“世界自然遗产”的封号，不过这不是这里要说的，我要说的是其间游了某个岛上的一个洞，真是败兴。就像一路行来的感觉一样，这洞里也很“中国”，灯光布置是地道的中国岩洞的翻版，怎么都像威虎山坐山雕的大厅。

最要命的是我们的越南导游很尽职，尽管声调异样，句式特别，却并不妨碍她嘴打锣舌打鼓不停地讲。当然要讲故事，龙啊，猪八戒啊，都出来了。也有现实题材的，比如她指着两块浮凸的石头，说是一男的在偷看一女人洗澡，便未刻意强调神话或历史的背景。若谓这有点低级趣味，那主旋律的东西她那里也不是没有：紧挨着天然的“偷窥图”，就有一处，导游言之凿凿，说像胡志明伯伯和毛主席在亲密交谈。实话实说，我觉得一点也不像，二人更近于端坐的姿态，中间还隔着一嘟噜钟乳，看去倒像二人各霸一方。关键是，偷窥继之以伟大领袖，很不严肃。这些原是可以不听的，可无处可去，而且一个一个中国旅游团前赴后继地进来，各有导游用汉语演说同样的故事，不听于此，即听于彼，洞中又很聚气，想闭目塞听都做不到，奈何？

解说词想必如同顾颉刚眼中的古史，是“层累地造成”的，并且与时俱进，解说又因对象而异。比如欧美的游客来了，亲密交谈的内容就要撤去——毛主席和胡伯伯的私房话，大鼻子哪里拎得清。以我的揣度，唯有偷看洗澡的内容是具有普遍性的。偷窥，谁都懂。

# /富人的滋味/

天上掉馅饼的事有时也会有的，比如上世纪六十年代，日元对美元大幅升值，日本人一夜暴富，个个成了百万富翁。日本人成群结队地出国旅游，就是那时形成风气的。尽管仗汇率变化致富，属泡沫经济，往往是过把瘾就死，不过要让全民体验富人的感觉，或幻觉，似乎也只有在这时候。有人预言本世纪是中国人的时代，八年过去，我还没看出什么苗头，孰料去年下半年大刮金融风暴，新年伊始，邻近的韩国货币贬值，一搞旅游的朋友告曰，韩国游，此其时也，差不多就是泰国游的钱，和过去相比，什么概念？——

隐然就在咂摸富人的滋味了。

我后来没去韩国去了越南，实因他算的明细账仍不足以让我攒足“富”的信念：原本折合四五十元一碗面，现在二三十元就能吃上。——三十元一碗面条，还是贵了点吧？相形之下，到越南去做富翁底气就要足得多，据说人民币在那边很吃香，跟美元似的，通吃，更令人振奋的是，货币兑换，差不多是一与两千之比。揣上几千元，过去就是百万富翁。去我是跟单位集体去的，大家摩拳擦掌，且以中文系之能，大刮嘴上风暴，准备到越南“富”一把。及至过了中越边境，还有人郑重提示这一点：从现在起到回到祖国怀抱，我们每人都是百万富翁的干活。

关于越南，到现在还记得一首老歌，“越南中国，山连山水连水，共邻东海我们友谊像朝阳，早相见，晚相望，清晨共听雄鸡高唱”。三十多年前对越南比现在更向往，想到这里来打美国鬼子。没想到此番憋着劲来当富翁，委实惭愧。好在导游小姐善解人意，代表越南人民欢迎我们之外，特别强调，来旅游，就是帮助了越南。

事实证明越南人对人民币的热情相当高涨，不论下龙湾抑或河内，根本无须兑换，就可交易。只是倘希望对腰缠万贯有真切的体验，还是换成越南的万元大钞为好。我最后终于人民币来，人民币去，是嫌换来换去麻烦。兑换于是在脑中进行，这一算，出手动辄数万，真是花钱如流水啊！比如一碗牛肉粉，越南盾是两万多。一路上早被告知，有种“京都”牌香烟，胡志明伯伯抽的，地位相当于邓小平当年抽的“大熊猫”。身为烟民，是要一尝的，在纪念馆终于见到了，言不二价，二百六十人民币一条。折算一下，悚然惊心：合越南盾五十多万，是则两条烟足以让百万富翁破产。故我们虚拟中的一番富贵，也真是来得快，去得快。

和在别处一样，眼睁睁看着钱迅速流失的过程，莫过于坐在出租车上看着跳表，因为差不多以分钟计车资即有万元的上涨，若不折算为人民币，便更有心惊肉跳的效果。在河内打车可谓此行最怪异的讨价还价的经历。由住地到市中心的还剑湖，去是四万多，回的一趟里程表疯狂地跳到二十多万。不是带我们兜圈绕路还能是什么？坐车的三人义愤填膺，下了车便与司机论理。司机只会用英语说一句“我不会说英语”，此外便是木讷地看着我们。最后我塞给他二十人民币，说声“It's enough.”便扬长而去。直至走入宾馆大堂，我都在完胜宰人司机的兴奋之中。不料此时遇上了导游，称去程四五万，回程二十万还算正常，因为单向行驶的缘故，回程要绕路的。这倒让我内疚起来，疑惑自家的恶意猜测是否暴露出鲁迅所谓“皮袍下的小”来。果真如此，三个人以二十元钱打发了那司机，就有点仗势欺人的意味了。幸而后来证明其实不是，因为另一标返回的人马车资是五万多，可知我们的司机确实绕了路。不过这已经与所谓富人体验无关了。

# / 河 内 的 摩 托 /

圆锥形的斗笠大概可以算得上越南的象征符号，现在也是，河内许多礼品店出售的工艺品上都画着、雕着、印着戴斗笠的越南妇女。不过要将关于越南的“现代性”印象叠加上去，也许就该另有一辆摩托车，许多外国摄影家或摄影爱好者捕捉到的便是这一点：充塞画面的骑摩托车的人群，大多后座上载着人，而后座上的人必戴斗笠，最好回过身来，朝着镜头（也就是正在拍照的老外）好奇地张望。

事实上，斗笠与摩托大多是分离的，至少以我所见，头戴斗笠而驾或乘摩托者，少而又少，但是外人不免偏爱这样的画面，仿佛不如此就少一点“越南味儿”。其实单是那样壮观的摩托阵容，即为别处所无——越南也许是现在地球上人均拥有摩托最多的国度。意大利大城市中骑摩托的人不少，然毕竟属发达国家，汽车还是多，又兼人口少，哪能和越南相比？摩托是小富或小康的象征，越南的小富是一九八六年“改革开放”以后的事，此前至少对北越人而言，拥有摩托，差不多等于十年前我们梦想小轿车。所以以外人的眼光看去，摩托可以充得上“改革开放”的象征。

我怀疑好多与上述画面相类者都是在河内拍的：摩托固然普及率极高（据导游所言，一般家庭，都有两辆以上），然唯有在河内街头，方才给人“蜂拥而至”的深刻印象，其声势又足以惊心动魄。进入市区，满目都是摩托，自行车少见，汽车亦少，摩托的存在因此更见分明。街道大体上尚是上世纪初法国人留下的格局，自然不可能宽阔，两边有楼房夹持着，颇能聚拢声波，摩托原本比汽车动静大，无数的摩托加了油门狂吼着，真可谓轰轰烈烈。

在别处，导游须叮嘱游客的注意事项，都是过马路当如何小心留意，“一慢二看三通过”，越南的导游则反之。比如我们车上的那位叫作杨越河的导游就说，不必等车停，要过马路，径直地横穿，若要等车停了再行，就别想过去了。在街心要大摇大摆，不慌不忙，越是如此，越是安全，车子决计撞不到你。——我还是头一回听人在闹市交通注意事项方面，提供这样的“忠告”。不过，阿河所言，的确是最切合实际的：在闹市区过街，尤其是还剑湖那一带，倘若在摩托织就的车灯洪流面前兀自惊心，逡巡不前，那你整晚上就在那儿杵着吧。不但要壮着胆子过，而且要从容不迫，过街老鼠似的一溜烟绝对没必要。我就是那么办的。站在街心，前后左右都是呼啸的摩托，看上去简直是不可能的，只要挺着脖子往前，居然也就过去了——原本没路了，只要走了，也便有了路。与迅翁警句不合的是，瞬息之间，身后的“路”又被车流淹没，杳无痕迹。这“路”

随你而行，炼的就是胆子。

奇的是摩托与行人，居然相安无事。我们来的路上，下龙湾那一带，曾经目睹一场特大交通事故，载重车将一辆小车压在身下，而且连环相撞，据说死伤十多人。不过那是意外，河内街上的乱哄哄你方唱罢我登场，是意中的，至少对本地人是如此。故行人与骑手两照之间，行与停，趋与避，俱各从容，堵车虽是常事，事故倒却不多。

因悟有各种各样的秩序，深谙混乱之道，也就有一种不为外人所知的秩序。对外人是混乱的，对个中人仍可不失为有序，就像河内人在摩托的缝隙中也可以有一种安稳。怕的是从一种秩序进入另一种秩序。我想欧美以及日韩的人到了河内街头，必是心绪大坏，惶惶然不知所措。我之所以能谨遵导游教诲，很快即能于河内闹市横绝大街而似闲庭信步，实因我就是从“乱”里来的。

# / 鞋拔子之旅 /

若问旅游应该是怎样的，或许没几个人可以给出标准答案，随性之事，原也没有固定模式的。然而曾几何时，居然就有了。据说在这方面，洋人发明的旅行指南居功至伟。每种指南都告诉你，到某处该游哪几个地方，该到哪几家餐馆去享用当地美食，到哪里去享受夜生活，还有，到哪里去shopping。指南不过是指南，并非强制执行，然而其心理暗示的功能强大无比，游人大抵是照方抓药，而旅游业的规划布局，似也接受指引。这里面我最不能忍受的，是购物成为旅游的题中应有之义。

在跟团出游时，这样的购物尤其是制度化的：行程之中，必要安排几处，专项进行。我揣测也是洋人的发明，而我们的步其后尘却往往更为夸张。有跟团出游经历的人都领教过，导游引着司机将车开到某个“前不靠村后不靠店”的所在停下，块然独存的一家店，导游引着进去，除了购物，别无选择，甚至还有人把门，不让出去，美其名曰防止走散或出事。这也有个名目，叫“关起门来打狗，堵住笼子抓鸡”。

我们此行的行程主要在越南境内，似已跳出“中国特色”之外，无如中国是越南的“大哥”（导游说中国必称“大哥”，与之相对的是“越南小弟”，俄罗斯是否依苏联“旧制”称“老大哥”，可惜忘了问），旅游业据说也是请我们的专家帮助出谋划策搞起来的，当然是搬演如仪。三天之内，从芒街到下龙湾到河内，来回计有三四次集中购物时间，零星而有“人身自由”者尚不在其内。按说人在越南，买的应是越南货，殊不料缅玉之类的，也所在多有，最具诱惑力的是独成一类的走私商品，从入境处就一路迤逦卖过去：中国香烟、法国香水……法国与越南隔着千山万水，不过原有八十多年的殖民史，剪不断理还乱的关系，这“私”也就“走”得顺理成章。我在过境处正经的免税店里看到“落水货”字样，问是何意，答是海运时翻了船，浸入海水，包装盒烂了，裸身出售。不拘“落水”与否，凡“走私”者，价格一概便宜到超乎想象。听说过两百元一条的中华烟，一百元五十毫升装的香奈儿么？这里就敢有。这些都是有谱的，众人既觉着离谱到没谱的地步，他敢卖你也不敢买。

跟团出游，购物之际，也是考验定力的时候。前面所谓“人身自由”云云，乃是戏谑之言，即使被引进“专卖店”（此处取其专为旅行团而设之意），也不能牛不喝水强按头。问题是周围无处可去也不让出去，待在那里干什么？此外购物这事儿是有传染性的，某特产旁人买了，你一直作壁上观，等于旁人把越南背回去了，你的越南似乎缺少物证。压力是有的，所以大凡团队出行，不出手的几乎没有。这就见出“专卖店”之设，实在是深谙游客心理之举：关起门来让诸位互相传染，就算抱怨讥嘲，最后也还是没有空手而出，真所谓“由你奸似鬼，喝了老娘洗脚水”。

这样酝酿出来的购买欲，结果常是一道同风。我们这个团的购物热点盖有数变，始为鞋拔子，中为绿豆糕，结于橡胶拖鞋。加上胡志明伯伯抽的“京都”牌香烟，便构成越南之行的主旋律。

以实而论，此行也可称作“拖鞋之旅”或“绿豆糕之旅”的，因几乎人人有份，但鞋拔子的购买似贯穿始终。此物又不常见——是长柄的那一种，高过于膝，无须蹲下或大幅弯腰即可将鞋拔上，红木制作，探入鞋内的部分镶以螺钿。且他物均可纳入包中箱中，鞋拔子因为太长，常常招摇于外，七八十人的团，买此物的人，多则三四，少者一二，平均下来，人手一柄绝对有富余，行在道上，颇为壮观。此所以我更愿意将此行描述为“鞋拔子之旅”。

## / 出 国 /

同样的字眼，不同的时代说出来可能有不同的意味。上世纪六七十年代，“出国”绝对是个禁忌的字眼，至少是暧昧的字眼，除非你是参加什么官方代表团出访。对于一般人，出国差不多就等于自绝于中国人民。到八十年代，“出国”忽地成了一个令人憧憬、充满诱惑的字眼，因公务出国的人照例欢欣鼓舞，自费留学、出境游也是令人羡慕的事。其时我好像并未认真做过出国梦，因为似乎太不现实，虽然心里是向往的。第一次出国来得很意外，而且严格说来，应属非法越境的性质，事后我甚至疑惑，不知道那算不算是出过国了。

是一九九〇年，暑假与朋友做云南游，西边跑到中越边境的河口老街，东边跑到中缅边境的瑞丽。此前已然两度游走于国境线上，印象深的一次是在新疆伊犁，倒不是因为自己经历了什么事，是在边防哨卡上听人说起中苏关系尚未正式解冻时的一桩趣闻：有个访问团到这里慰问，节目之一是到分界线上走一遭，某团员对标志分界的界桩大感兴趣，俯身勾头过去，想看看界桩朝苏联的那面上面写些什么，不想此时那边高音喇叭响了，有生硬的中文传出："不许侵犯苏联领空！"原来好奇者双脚固然站在中国地界，脑袋肩膀却越了界。彼时两国关系已然缓和，那边也许不过是戏谑性地喊一嗓子，但事怕万一，若那边不由分说枪弹打过来，不是玩的，一行人于是抱头鼠窜。

虽是笑谈，也就见出边境上一种紧张气氛的遗留。中缅边境上则完全两样，这里承平日久，相安无事，两边几乎全不设防。而且别处国境线多以河流、山脉之类划分，瑞丽这一带却是平原，中缅之间没有任何地理上的阻隔。两边风景不殊，穿戴相似，边民往来频繁，通婚的也有，出入境的手续又极随意。

那日和朋友遛达到边境一小镇上，一条街两边都是卖旅游纪念品的小店铺，大中午的，好几个店主都在躺椅上打瞌睡，也没什么可看。于是从镇上出来，漫无目的地瞎转。镇外是一片开阔地，不见人家了。毒日头晒着，不一会儿就蔫头搭脑有气无力，见不远处有棵树，便想过去歇息片刻。正行走间，就听有人冲这边叫唤，循声望去，却见一状如工棚的简易房前站着两个民工模样的人在招手。不明就里随两人进屋，见里面极简陋，只有一桌两椅一张床，横拉的绳上搭着毛巾。我越发相信是民工了，只是疑惑怎么孤零零在这儿有一间房。不料两人开始盘问起来，那口气就像他们是警察。你们是什么人？从哪儿来，到哪儿去？有证件吗？

像这样复述太简单了，事实上我们的对话进行得极其艰难，那两人说的话介于汉语外语之间，要费好大劲才能弄明白他们的意思。连说带比画，他们要求我们将旅行包打开，所有的物件必须检查。这时轮到我们追问他们的身份。到最后终于明白，他们是缅甸移民局的，我们已然进入他们国家的地界。

出国了？我们怎么不知道？他们就指我们来的方向，这才发现有些桩子，那就是国界了。桩子隔老远一个，其间并无铁丝网之类，我们没留意就过来了。还好，这一带没什么偷渡客，看我们不像，他们也没处罚的意思，反倒极为热情，说离这儿不远有个缅甸城市，如想去游玩，给几十元钱，他们可以开通行证。这听上去很诱人，可惜我们已在旅行社订好了所谓“出境一日游”。遂婉谢，向他们告别。回来的路上，特地到界桩那边看看，水泥的，没什么特别，也没在两面镌上“中国”、“缅甸”的字样。不过我还是知道，在出国十几分钟以后，我们已经“回到了祖国的怀抱”。

第四辑

# 瞎三话四

# / 偏　方 /

常听人说“偏方治大病”，然而究竟有多少人相信偏方“真堪托生死”，颇值得怀疑。每有大病降身，人们首先想到的还是循“正途”、用“正方”，必待这些法子尽皆失灵，这才将信将疑祭起偏方的法宝。而不管偏方最后是否管用，在患者这方面，这时已是企盼奇迹出现的心理，或是抱定“死马当活马医”的决心了——至少大多数人是如此。只有得了小毛小病，小有痛痒却又不干生死，我们才会毫不吝惜地交出身体去做偏方的实验场。比如感冒发烧，就有许多医书上不载的应对之道。我相信它们多半是患者自己的发明，因为本人就曾发明过这一类的偏方。

大概是两年前吧，某天晚上突然发起高烧，按说我应感到高兴　　成年后这病同我久违了，重新尝尝养病的滋味，因病而备受重视，于飘飘然之中接受家人的服侍，且知道绝无性命之虞，不是什么坏事。但第二天恰有一场球赛，而那一阵正是我球瘾登峰造极之时，自然不能对病安然处之。当下找来“康泰克”、“感冒通”、“板蓝根”等药，架床叠屋地吃进肚里，只求速愈，哪怕暂时蒙混过关也行。谁知第二天早晨量体温，烧只退下零点六度，仍有三十八度五。无奈，只好上医院。去医院的路上经过体育馆，心想打不成，看看也是好的。不想看看便心痒难禁，初时不过在场边随意挥挥拍，小打小闹，后来竟真格上场，并且攻无不克，战无不胜。直到上午的赛事完毕，才想起看病这档事，只好挂急诊了。令人喜出望外的是，此时我实际上已经没了看急诊的资格——体温只有三十七度四。到这时我的“偏方”也就呼之欲出了：感冒发烧，无须打针吃药，只需打球之类的剧烈运动。

有所发明，当造福人类，我于这偏方甚是慷慨，不惜“金针度与人”，很快周围的人都知道了这方子。妙就妙在所有打球上瘾而又缺少医学常识的人都对我的办法坚信不疑。有位球友受到我的事例的鼓舞，发着高烧仍在球场上起劲地扣杀、救球，前场后场，忙得不亦乐乎，一场球下来，连呼痛快、舒服，这让我很是得意。

然而偏方所以为“偏”方，除了不见或少见于医书药典之外，还有旁门左道的意思，尤其是类于我的那种过于轻易又大悖常理的发明，更有这方面的嫌疑。那回我得意了半个月以后碰到那球友，他不待我开言便很不客气地抱怨道：“全听了你什么狗屁偏方，回去挂了五天盐水！”我很识相地赔笑谢罪，丝毫不敢计较他堪称恶劣的态度，因为那天上午我刚从一个学医的朋友那里知道，高烧剧烈活动，极易诱发心肌炎。——挂盐水？那是轻的！

呜呼！用“偏方”，能不慎欤？！

## / 美　容 /

据说现在男士香水颇有市场，那么不久的将来，男士出入美容院也会是时髦的事了吧？十年前这却是不可想象的，那时似乎还没有美容一说。但爱美之心虽是“于今为烈”，过去的人也不是没有，朋友A君之希望自己的单眼皮成为双眼皮，无疑就属于美容的范畴。他的眼睛有一只是恒定的双眼皮，另一只却是“双”得犹疑不定，往往早上起来是双的，不到中午又成了单的。一单一双不对称，有时甚而给人眼睛一大一小的错觉，有一次朋友开玩笑：“要是你两眼能对视，便是现成的‘大眼瞪小眼’。”他亦笑道：“什么时候也跟老外学，开它一刀。”这下朋友更有的说了：“你又不是女的，难道想‘美目盼兮，巧笑倩兮’？”他当然也就是说说，一单一双不过于形象小损，又不妨碍他读书写字，他不是一举考上研究生了吗？拿到录取通知书的那天，他因就要脱离机关生涯欢欣鼓舞，拉了我到他家喝酒。他们家原先房子很大，后来老子打成右派，“文革”又进牛棚，房子缩小，厨房也被旁人当了住房，便在院里搭个小披子，状如窝棚，进出都得低头。那天他说是要给我露一手，不住地忙进忙出。酒喝到一半，二人都已有几分酒意，菜却没了，他站起身脚下歪歪倒倒又往小厨房里钻。过一阵，我在屋里就听那边“砰”的一响，接着是盘子摔碎的声音，正诧异间，A 君捂着眼睛进来，显然是出来时忘了低头，撞了。

他没想到这一撞让他旧貌变了新颜——过几天创伤平复，那只眼变成了双眼皮，从此再没变成单的。几年后美容之风大兴，A 君说起他那神奇的一撞，道：“我要登广告——‘变双眼皮不用开刀’，来人便领到小披子，揪住脑袋往门楣上就是一撞。只一条，撞瞎了眼概不负责。”

## / 发 现 /

发现不比发明，发明可以成“家”，所谓“发明家”，但从未闻有“发现家”一说。科学上有发现者，称“科学家”，考古上有发现者，称“考古学家”，生活中有所发现者则无以名之，也无须名之，——若要称“家”，人人都成了“家”。一个人一生尽可无所发明，但不会无所发现，事实上从降生之日起，我们就处在一个不断发现的过程，虽然大多数人所发现者，不过是些常识。发明常常是要独享的，而且不可重复，“专利”即所以明示其独享的性质。发现则可以共享，往往就是需要重复，你所发现者，多半是对老生常谈的个人化印证，唯有经过个人经验印证了，常识才成为你的一项“发现”。

比如“见人说人话，见鬼说鬼话”，人们常挂在嘴边，若无一定的人生阅历，不过是一句空洞的口头禅，必待经了事，人海里折腾过一番了，才掂得出此话的斤两。这话透出的世故不言而喻。它是对世相的一种描述，也是过来人常常愿意提供的一句教诲。我发现作为一种陈述，此话具有相当的真实性。真正敢于自说自话的人少而又少，不是疯子，便是不凡之人，大多数人不免见什么人说什么话，只是程度不同，各人的底线不同而已。虽说这一点对我们识人也很重要，不过我要说的发现没那么严重，撇开此话的“厚黑”意味，不把它当作鉴貌辨色的本领，此话也就是说话分场合之意。我发现至少在有些情况下，面对有些人，这根本用不着提示，我们几乎本能地就会这么做。且说这“有些人”里最特别的两类，一是老外，一是小孩。大人对小孩的态度有些近于对领导、对上司的，大致方针是一个字：哄。

要哄则不免要揣摸心思、投其所好、低三下四。不觉间就已低到牙牙学语状，算是和小孩的话语接轨。不仅说话忽然变得幼稚，表情也一下变得生动。此即对“小鬼”而说的“鬼话”，挤眉弄眼也是“鬼话”的一部分。对老外我们亦能无师自通，时常不由自主地拿腔拿调，说外语原本就是模仿人家，另当别论，妙的是和老外说中文，也往往会抛了惯常的说话方式，语调变得夸张，语句变得破碎，用词、语句简无可简，语法则一概欧化，好像忽然不会说话，听上去一口“洋泾浜”。词不达意，还会辅以洋派的肢体语言，耸肩摊手，一起都上。过去见此类情景，不免心中暗笑，几年前教了一阵“洋鬼子”，方知对付幼儿园（汉语）水平的“洋鬼子”，不说“鬼话”，就难以对话。久而久之，见了同胞偶或也会冒出一句洋腔怪调，夹生不已。“近朱者赤，近墨者黑”，谁曰不然？

我这发现是长期观察，方有所悟，还有一些却是一次性的，可称“存在”意义上的发现。笛卡儿有言“我思故我在”，是则“我不思则我不在”。其实不单自我不在“思”的范围，即令是身边世界，熟视无睹，习焉不察，于我们也就等于不存在。必待“思”了，意识到了，或用大白话说，“上心”了，某个对象才像忽然冒出来一般，蓦地被你“发现”。这样的事太多，且举一例。十年前太太怀孕，此前因为事不关己，对怀孕之事全无概念，印象中就没见过几个孕妇。这一次就不同，见一个人的身体局部可以这样膨胀隆起，而且动作、姿态跟着都变，就有一种新奇感。以后即或在外面，无意中也留意起来。某日走在大街上，是阳光灿烂的日子，不知怎么就突然发现，到处都有孕妇在摊手摊脚地走着。居然有这么多的孕妇！当时尚不知孕妇阶段结束后变出来的小孩会制造多少麻烦，无端地也就觉得很幸福。

## / 店 家 /

梁山好汉入得酒店饭铺辄大呼："店家，将二斤酒，切三五斤牛肉来！""店家"的后裔如今称作"老板"，但"老板"不光用于开店的。机关、公司的办事员管部门的头头叫"老板"，大学里研究生私下里也称导师"老板"，《辞源》里查不出这称呼的来历，我几乎怀疑它是从西语"上司"（boss）而来，但外来语词典里却不见这一条。

一种叫法常伴有一种特别的味道，"店家"、"老板"透着熟络、随便，大饭馆里当家的你就得呼作"经理"——如果不是熟人，又非蓄意套近乎的话。据我想来，经理应是西服革履，头梳得锃亮，腰板挺得笔直，等闲不与顾客照面，偶尔降尊纡贵下来巡视查访，亦必于标准化的亲切中透出庄重。厅堂里装饰得金碧辉煌，美轮美奂，方甫落座，服务员小姐执菜单款款行来，笑露三分，轻启朱唇问道："请问您用点什么？"一言一动好似都在教你识得"规矩"二字，倒让你觉得不可随意惊动。

"店家"、"老板"给人的感觉则是两样了。虽然"我生也晚"，未见过"店家"，但想来必是一团和气，见主顾点头哈腰，笑容可掬；店小二肩搭白毛巾，报菜名如流水。这样的地方有两个好处，一是随便，二是方便。随便到了极致，来客尽可吆五喝六——"五魁首"、"六六顺"。论方便，则主顾尽可提要求，少搁些盐，多要蔬菜之类，无不照办，又还可以送上门去，不拘是些少几样，还是整个席面。鲁迅在北京时，家中留客要添菜，便叫左近小馆做了送来。如今大城市里个体户的馆子或小食摊还可见其余绪，不过更接近“店家”的恐怕还是边远小地方的食馆。

云南贵州一带的私人小馆通常是先吃后给钱的。食客一到，忙让座，送上清茶一杯。墙上照例贴着菜谱，写下一大溜菜名，不过你把它看作虚文也无不可。店主领了你到灶台边去看，鸡鸭鱼肉，常见的各种蔬菜，又或当地特产的干巴菌、木耳菜之类，尽皆在此，凭你的意思任意组合。菜单上写“西红柿炒蛋”，你要西红柿炒肉丝亦无妨，恐怕你要西红柿炒猪肝，也还是照办。反正几个炒菜那里都是一个炒法，而价钱也一样：炒素菜是一元，荤炒素是两元，汤是一元。老板不摆“名厨主理”的款，味道则要看你的运气，不过也自有一种家常的风味。当地生活节奏慢，客人吃罢饭常招店主续上茶再聊上一阵。你若打冲锋似的吃了就走，店主倒觉有几分奇怪，邀你再坐坐。

在贵阳拜访一老同学，两口子都是忙人，仓促间不及举火，到离家不远处小馆子叫了几个菜。正喝酒闲聊间，店里送菜来了，伙计托了木盘进来，盘里放了几样菜。我那同学告他晚上去还盘子，到时再算账，他应着就去了。我奇怪居然可以赊账，答曰："这里都是如此。"又问送上门加多少钱，答曰："不加钱。"见我狐疑的样子，同学解释道："我这是照顾他们生意哩！"又道："如何，古风犹存吧？"

我想，这样的馆子走进去呼"店家"是庶几近之了。

## / 偏见与歧视 /

偏见是一种定见。定见而未经过理性的思考，没有根据和理由，那就是偏见。偏见形之于外，在对人的态度上表现出来，常常就是歧视。凡偏见、歧视，都是以我划界，自我中心。有道是“非我族类，其心必异”，此处“类”可取广义，凡不是属我这一群体的，都有问题。“物以类聚，人以群分”，“类”真是个奇妙的东西，歧视首先是冲着“类”而非个人去的，一经归类，一个个人便被套牢，等着被循名责实，而一旦被归入某些类中，那就万劫不复。比如“乡下人”、“残疾人”、“穷人”、“女子与小人”，乃至相对于名校的所谓“杂牌”学校的学生。即使江湖上，似乎是跳出三界外了，也还有相对于“名门正派”的“邪派”，一入其“类”，自会有人“另眼相看”。

但是拒绝归类也是不行的，难以归类者，谓之“不伦不类”，受歧视的可能性也许更大。挑最常见的情形说，“不男不女”就很危险。小时我们家那一带有个众所周知的人物，人多不知其名，却有个代号叫“二姨娘”——并非二姨之意，南京话里，就是指身为男人而言谈举止女性化。此人走起路来有较多肢体扭动，饶有“娉娉婷婷”的风致，说话则是“娘娘腔”，尖声细气，而且表情丰富，眼角眉梢有顾盼，与人招呼，似也不忘临去秋波那一转。又有一样，是会织毛衣，常携了鲜艳的毛线在路上且行且织。女里女气，还织着毛衣招摇过市，这就够得上数罪并发了，众人见了指指点点，甚或有意显出鄙夷之色，都是不可免的。最过分的是我们这些懵懂小孩，常跟在后面冷不丁喊一声：“二姨娘！”有时还扔石头。那人总有二十多年纪了，一直没结婚，也不知是不是和周围一律的“舆论”有关系。他犯着谁了呢？就是因为有违人们对“类”的认定。

歧视他人者，通常居高临下，有某种优越感，故而被歧视者，似应皆属弱势群体，但也不尽然，因为莫名其妙的优越感（比如我对“二姨娘”）谁都会有。城里人固然看不起乡下人，然乡下人之看不惯城里人，也可以说是歧视之一种。阿Q对城里人管“长凳”叫“条凳”，炸鱼头不放半寸的葱叶而加切细的葱丝，就很看不入眼。读大学时，我还听美国留学生声称在中国受到了“歧视”。上世纪八十年代初，“非我族类，其心必异”的说法已是悄悄收起了，但内外有别要讲，提高警惕总是没错的。外国留学生不能到处跑，不能自己租房子住，也不能住在中国学生的宿舍，须得集中住在专门安排的留学生楼。我们学校就有两栋留学生楼，起初出入也还随便，后来丢了些东西，便砌了一道墙，只留一个出口，中国人入内，都要登记，也是便于管理之意。不想我们还没嫌麻烦，老外倒先不干了。说干涉了他们的自由——圈起来与外界隔绝，养猴吗？有个美国学生激动地对我说了一大通，中文水平有限，关键词说不出来，气呼呼去查字典，大叫："歧视！"我对"歧视"有更狭义的理解，告他中国人确实有歧视，但对白人似乎没有。没说出的话是，有时候太不自信，近乎仰视了。但他坚称，这就是歧视。

算歧视吗？若歧视就是指不一视同仁，也许就是吧？套卢梭的名言：人生而平等，却无往不在歧视与被歧视之中。

## / 缘 分 · 偶 然 /

张爱玲小说《五四遗事》先出炉的是英文本，副标题为*A Short Story Set in the Time When Love Came to China*，意为“当爱情来到中国时的小故事”。言下之意，传统中国原无“爱情”一说。倘“爱情”特指在西方由“骑士之恋”发展出来的，带有宗教意味、形而上性质的男女之情，我们的传统里确实是没有，无他，我们原本就没有一个纯然的“形而上”。中式的男女恋情是“两情相悦”，并不从这一点上飞升出去，像西人的柏拉图式一样进入一个抽象的境界。倘说这才是浪漫之爱，国人大可不必愤愤不平，必寻觅追认而后快，以期凡西人所有者，我亦早已有之——事实上“浪漫”一词，本身就是舶来的。

然而若说“爱情”并不一味地指向超凡脱俗，而是指一种有异于常的情感／情绪状态，或指向男女之情不可思议的性质，则又可说是“东海西海，心理攸同”了。不可思议，自然不可理喻，不可理喻之事，自然有几分神秘性。西方人于此神秘性的大事渲染，固然无以复加，中国人没那么戏剧化，对此中神秘性的一面却也并非不着一词。只是西人大体的状写、描摹是“灵台无计逃神矢”式的，锐利、强烈，强调的是不可抵挡的裹挟之力，闪电击中、烈焰焚身的爆发。中式的踵事增华则是百转千回式的，即使所谓“一见钟情”，看似与西人的浪漫相近了，其实还是两路——决无不由分说，一箭穿心似的如同定格。“长久时”固不必说，“朝朝暮暮”里所有的冥冥中的心心相印也有一种绵延性，余味曲包同时又余味不尽，仿佛是稀释了浓度。就连“缘分”一词原本具有的神秘意味也变得仿佛不够神秘。

就其本意，“缘分”一语该是对情爱神奇性质的喟叹，西人对此不可解而更多地应以震惊。还原到最后，皆是在面对此中的神秘，是面对神秘的一种反应。无力去驾驭，我们就将其神秘化，于是相悦之情的无奈便转化为对一个冥冥中超乎我们之上的更高意志的顺从。所谓“命中注定”，正是此意。若不怕拆碎七宝楼台，所谓神秘者其实也不难分解——不过是一种诗化了的偶然性。有道是“无巧不成书”，实则无“巧”则一事无成，“巧”不就是偶然性吗？无数的断章残篇，有头无尾、无头无尾、东鳞西爪的故事碎片，皆因没有“巧”来串连，难以成“书”。唯如此，那些侥幸成篇的故事便似真格是“有缘千里来相会”，草蛇灰线，伏线千里，奔凑而来。

偶然之所以为偶然，即在其难得，偶然性是绝对的小概率事件。“缘分”、“天作之合”一类的说辞，隐然将偶然解释为一种必然性，实在可视为某种化腐朽为神奇的偷天换日之举。事实上世上万事万物，偶然无所不在，我们把那些愿意接受的偶然性称为“缘分”或“有缘”，将己所不欲的偶然性称为“无缘”，倒也省事。其实哪里有“天意”存在呢？有的只是纯粹的偶然性。还原回去，看似必然的事情不过是一堆偶然穿成的链条。

张爱玲显然是不承认“天意”的，她的短章《爱》中所写，可视为一种未加藻饰的偶然性：“于千万人之中遇见你所要遇见的人，于千万年之中，时间的无涯的荒野里，没有早一步，也没有晚一步，刚巧赶上了，那也没有别的话可说，唯有轻轻地问一声：‘噢，你也在这里吗？’”由“千万人”、“千万年”那样宏观下来，再寻常的相遇居然是那样的“刚巧”。倒过来推想，相遇的可能性与不遇比起来，竟是微乎其微，不由要让你对那偶然，留几分珍重。

# / 贾 政 是 个 “ 好 ” 同 志 /

有人想把《红楼梦》拍成动画片，找到我一个朋友，问有无改编的可能。朋友回说要容他考虑，不过就算日后动手改，有几个前提也得说在前面：把悲剧解释成越剧《红楼梦》调包计那样的阴谋论，他不干；与此相关联的，将书中人分路线站队，分成封建与反封建、正面与反派的两大阵营，他不干。比如呢？比如贾政，在各种改编本中相当反派的贾政。

于是想到贾政。我对贾政没有好印象，从来就没有。他的家长作风让人受不了，他对仕途经济的热衷非常之讨厌。当然他的最大罪状是对宝玉施加暴力，因宝玉对举业反感、不谨细行就下狠手打他板子，打到皮开肉绽。这是两罪并发，坐实了他是俗物加暴君。要排贾府主子里的十大恶人，他就该有一席之地。西方文学中的“父与子”主题中国没有，《红楼梦》沾到一点“父与子”主题的边了，要说存在两代人的对抗，也注定是中国式的。我未曾像有些书上那样明确把贾政定为恶势力的代表，不过若是要站队，我肯定站在宝玉这一边。

这是过去，现在我的态度就有点暧昧。至少部分地，这与身份的变化有关：已然转为“老子”身份的人，想百分百地站在“儿子”的立场上，有点难，很尴尬。关键是不管你如何对书里的贾政鄙夷不屑，你在儿女面前扮演的就是贾政的角色——中国的父母十有八九都是如此。只要稍微有点“理论联系实际”的能力，我们就得认这个账。贾政逼着宝玉走科举的路，我们逼着孩子在应试的路上奔。你说贾政的“仕途经济”是升官发财的旧脑筋，那我们指望孩子考名校日后寻个好饭碗，差别又在哪里？不同的时代有不同的“举业”而已。而且对不少父母说来，“好饭碗”还首在做官，公务员考试之火爆，岂不就是证据？你要说这是时势所迫，不得不为，那贾政待宝玉将“最要紧的”科举关口过去，多半也不会再那么严厉。大观园题咏，他对宝玉的诗才不也很有几分欣赏？

大概只有一点，我们或许可以对贾政居高临下：我们不会像他那样打到宝玉屁股不能往椅凳上沾。但这也是时风不同，过去家长的理想模式是“严父慈母”。“棍棒之下出孝子”，老子打儿子，天经地义。以那时的标准，贾赦贾珍辈不是好东西，贾政堪称好父亲。所以贾政从来理直气壮，正像我们自认也是称职的父母。我们和贾政其实是殊途同归，顶多是将他的狠手改为温柔一刀：我们就是一苦口婆心的贾政，或是忍气吞声的贾政。

所以我要说：贾政是个“好”同志。这里“同志”取其本意，“志同道合”——我们和贾政一道，一心一意奔“举业”。在不合理的规则下，要做一个“好”同志，意味着你得助纣为虐。大概没有谁愿意认这个账，然而很不幸，事实就是如此。

## / 说 的 与 唱 的 /

“说的比唱的好听”是讥嘲之语，可看作“忽悠”的另一种说法。这里预设的前提则是“唱”应当在“说”之上，唱的比说的好听是共识，“说的比唱的好听”就反了，不合逻辑。

此话放在现在就有点可疑，因为至少是流行歌坛上，“唱”正在朝“说”的方向发展，越来越有“说”的意味。西风东渐，有个名目，叫rap，通常译作“说唱”，正点明了“说”与“唱”的合流。不像传统说唱的有“说”有“唱”，乃是说着唱，或者唱着说。既然rap风的歌曲颇受欢迎，年轻人尤其趋之若鹜，我们也可以说，“说的比唱的好听”有的时候也不可作贬损语看了。

听“唱”重要的一端听的是旋律，听“说”照理是要听意思的，无奈rap里的“说”像绕口令，简单的节奏伴着，经常听不出个所以然，重要的也不是“意义”，而是不停顿地“说”下去，所以译作“饶舌”，也算是歪打正着。有点年纪的人听来简直就不成歌——都不“唱”了，那还能叫“歌”？年轻人偏就认这个，我们只能说，“歌”的概念也是在演变的。我读大学本科在上世纪八十年代，其时欧美已是摇滚的天下，留学生们经常看书时也戴着耳机在听。仰慕新潮，我们也听听，听来听去，似乎全一回事，也听不出所以然来，盖因我们的标准是旋律，旋律在摇滚里已经淡化，不作数了。哥几个都摇头：跟着蹦迪还行，当歌听，整个不懂。不懂并非因为是外语歌——歌剧选段、拿波里民歌，多数也没翻译，其时常播的斯苔方诺，标榜的还是用意大利那不勒斯方言演唱，谁能懂？听着也受用啊。可见还是没了旋律，颠覆了既有的“歌”的概念。

rap是“说”的极致，其实通俗歌曲大体上都是向“说”靠拢，广义的“说”倒不在于是否有旋律，而在那种近乎娓娓而谈的演唱风格。在另一极端的是歌剧，是美声。歌剧里只唱不说，最平常的句子也要唱出来的。上世纪八十年代初，中央歌剧院带了《茶花女》到南京，那时的规矩，译成了中文唱。歌剧原本华丽隆重，人民大会堂的舞台，还有那时的道具服装，却都显得寒碜。但照章程，“唱”得还是很隆重，类如“你请坐”、“不客气”这样的大白话，也气沉丹田地唱将起来。用外语唱好比有一层包装，犹可，变成中文，赤裸裸地“白”，就令人绝倒，剧场里原本准备着来“隆重”的人到这时也不由得笑起来。

“唱的”与“说的”二者的对比，在美声歌唱家遇到流行歌手时，最是明显。有段时间我对这样“混搭”的演唱特有兴致，比如帕瓦罗蒂和波顿，多明戈与约翰·丹佛。唱艺术歌曲，是波顿、丹佛们就着著名男高音，唱流行歌曲反过来，是帕瓦罗蒂们就着波顿、丹佛。自然有他们的和谐，不过我额外感到一种谐趣，就像西装革履的绅士与一身牛仔服的人，或是跳街舞的与跳芭蕾的站到一起，相映成趣。唱美声的讲究珠圆玉润，字与字词与词之间恨不得没有断点，仿佛一概融化在旋律中——真是把嗓子当乐器使了。字词在流行歌手那里却不失“话”的轮廓，不必精心修饰，不经那一番揉搓，轻言细语或纵声嘶吼，也便成歌。美声的那条柔滑无比的声线于他们不唯不是必须，有时反成累赘。

当然一个人可以有西装革履与牛仔休闲的不同面相，只是各有本色当行，偶或跑到自家地界之外，只是客串的性质，客串中那本色还是暴露无遗。约翰·丹佛与多明戈合作的*Perhaps Love*我听过多次，每次听多明戈唱开头的那部分都想笑。这是约翰·丹佛的曲子，其实旋律感很强的，只是开头的部分轻言慢语，近于“说”，偏偏多明戈会“唱”不会“说”。两人各唱一遍，丹佛松弛自然，多明戈却是紧绷，像是在自我压抑，你听着都替他憋屈，直到后面近乎“放声歌唱”的部分，好像才松了绑——他可以“引吭高歌”了。

不是说美声就没有浅斟低唱的时候，但那也是在“唱”，不是“说”。

## /说“八”/

前些时候同一熟人去逛书店，一路上爆竹之声不绝于耳，以为不是结婚，便是店铺开张。友人却让我想想今天是什么日子。掐指一算，正是九月十八号，载入史册的大事件，远有东三省的沦陷，近有苏联的那场政变。但又想此皆祸事，放鞭炮殊属不合。友人见我愚不可及，只好明说：“九一八——就要发。”——原来如此。

中国人深通数字之游戏三昧，常在数字上作文章：“四四如意”、“五五称心”、“六六大顺”……不一而足，但眼下哪一个数字也敌不过“八”吃香。办喜事、盖房子，必要拣带

“八”的日子；装个电话，要拣带“八”的号码；重奖酬宾，悬赏数不是一万，不是九千，偏是八千八百八十八。于是不免就招来讥评：“真是想钱想疯了！”其实“想”是不假，“疯”则未必。对“八”情有独钟者未必当真以为沾了“八”的边就定能发财，这正如盼子心切的父母给女儿取名“招弟”，未必就死心塌地相信来年会得一位公子；爱舞文弄墨的人游黄山对了“梦笔生花”遥拜，未必就坚信自己日后定成卡夫卡、托尔斯泰。——讨个吉利而已。

而吉利话是拿来给日常的平淡日子添些热闹的，多少带着游戏之意。既是游戏，我们自不妨再拿“八”来开开心。某商场深谙顾客急欲兑现的心理，周周开奖，奖金数为五百一十八。按照“九一八，就要发”的思路，我们不难破解这个谜：“五一八”等于“我要发”。这三字可以有两解，你可以给它加个惊叹号：“我要发！”斩钉截铁，掷地有声——这是尚未发财而慷慨言志，表示决心之大；你也可以将其看作一句略语，完整的句子应读作“我要发了！”——虽然也是惊叹号，但却已是发财在即，喜不自禁了。

又有一次在马路上见一出租车驶过，后窗玻璃上醒目写了出租公司的电话号码，是八一一一一八。其实或许并无完整的意思，不过是有一“八”算一“发”而已，但近日被“八”字搅昏了，见有“八”之数便以为大有深意，再者连破数谜，再见到带“八”的字样禁不住就“技”痒难熬，定要来个“总体把握”。苦思半日，终得其解，兹表示如下：“发！要、要、要、要发！”——那顿号是提示，你要揣摩口吃者的语气方可得其正解。还有一点须说明，倘若有一天你当真听到某人吐出这么一句，你万不可贸然断定他即是结巴，他也许是临时性的口吃——皆因发财心切而起。

## / 误“会” /

陶渊明《五柳先生传》中自谓“好读书，不求甚解”，此话他老先生说来带些陶然的幽默，寻常之辈挂在嘴边就有些托大，变成偷懒的饰词。其实不求甚解的结果往往是闹笑话，“每有会意”也多半是误“会”，——当然你也可以使出将错就错的一计，来个“六经注我”，说那是“创造性的误会”。

记不清哪位近人的文章中引过“介之推不言禄，禄亦弗及”这句话，当时看了觉得此话大妙，自以为别有会心。也不管典出何处，兀自强作解人，断定作者语带调侃之意，犹言“介之推不是闭口不谈钱（且将‘禄’胡乱兑现为‘钱’吧）的事吗？嗨嗨，钱也不来。”近几日忽然心血来潮，想知道介之推究为何等人物。向过去的同窗问询，答曰查《史记》可也。原来介之推跟了晋公子重耳四处流亡，待重耳上台，从亡者及功臣大者封邑，小者尊爵，唯介之推不去请赏，封赏亦不自动跑上门来。后晋文公想起这位共患难之人，介之推却拒不受禄，飘然远隐。太史公分明是表彰介之推功成不居，何尝有揶揄、玩笑之意？

弄明这段故实，暗道一声“惭愧！”于是将错就错自找台阶，由这误“会”想想“禄”与读书人的关系，借以下台。谁都知道读书人清高：老百姓要供财神，读书人则直斥钱为阿堵物。然而他并非不知道钱的好处，这正如“君子远庖厨”而又“食不厌精，脍不厌细”。替读书人着想，要保持清高而又能得着实惠，最佳境界莫过于不言禄而禄至。然而这等好事哪里有？鱼和熊掌不可兼得，若牢守“君子固穷主义”，认定清高是书生本色，结果便是“不言禄，禄亦弗及”。这也好，穷虽穷，自觉非凡夫俗子可比，“非不能也，是不为也”，自有一种心理上的平衡。惜乎清高当不得饭吃，而今商品经济大潮“汹涌澎湃”，物价在涨，周围的人在富，且读书人再也做不得昔日四民之首的“士”，良好的自我感觉日渐消失，似乎也只好言禄了。那就言禄吧，脱下长衫，还你普通人的本色，没有什么不好。可是言禄也有两种结果，一种是言禄而禄至，那是再好不过。可惜读书人往往是有点“迂”的，所谓“读书读呆了”是也。“迂”就是框框多，框框多于赚钱便有妨害，因此更可能的情况是“言禄，禄亦弗及”，却原来是“非不为也，是不能也”。

言禄而禄不至，这可如何是好？

## / 交 情 /

人不能没有朋友。“在家靠父母，出门靠朋友”，可见可以仰赖的人，父母之外，就是朋友了。朋友之间，讲的是交情。有办法测度交情的深浅吗？有的，最简便易行的办法是看喝酒的多寡。只“舔一舔”的，浅；“一口闷”的，深。

但谁也知道所谓“感情浅，舔一舔，感情深，一口闷”不过是劝酒的套话。酒到杯干，不过说明他贪杯，或者是海量，要不就是应酬的功夫尚不到火候。忠不忠，看行动，“为朋友两肋插刀”，那才是真交情。像李逵，为了朋友可以不顾性命，只身劫法场；像杨雄，为了巩固和石秀的交情，可以将老婆开膛破肚。且不谈是否合于文明人的行止，单说交情，这是到了极致了。然而现在是法治社会，我们并非“人在江湖”，只不过偶尔到武侠小说中去见识见识“纸上江湖”，两肋插刀、江湖义气式的交情用不上，而且李逵、石秀们原也把交情用得太过铺张，近于奢侈。

当然如此理解那句豪语是有些胶柱鼓瑟了，我们不妨将“两肋插刀”近便地理解成尽力帮忙的意思。不过想帮忙不一定帮得了忙，不拘是调动工作，还是小孩进托儿所，都得或大或小有点权，若没有，你对朋友纵有千般爱心，也是心有余而力不足。帮不了忙不等于没有交情，不论动机，单看效果，那倒近于利害，有失交情的本义。但我们既是寻找一种测度的办法，就不能盯着不着痕迹的“心有余”。

现成的老话找不到，偶然发现普希金的几行诗倒可以拿来作参考：

何为友谊？

酒后轻狂的烈焰，
说人坏话的自由交谈；
懒散和虚荣心的交换，
或者是遮羞的情面。

回答中，第一行没有普遍性，三四行太绕，也太虚，唯独第二行所说，却是我们每个人都有的经验。说人坏话，并非长舌妇的专利，臧否人物，有德的人也在所难免。人生在世，不如意事常八九，不平则鸣，于是有牢骚。大的牢骚，比如涨价太快，营业员态度太差，尽可滔滔汩汩，不择地而出。小的牢骚，牵涉到具体的人事，也就是说人坏话。说人好话，当面奉承，背后抬举，均无不可。说人坏话，须得保证不传到对方的耳里，否则于己不利，这就要拣有交情的人。关系越好，说人坏话的自由度越高；交情不够，少说为佳，不然就是“交浅言深”。

听人说人坏话，或是对人说人坏话，不像“两肋插刀”那样强人所难，也无须任何权力，却的确需要一定的交情。由此看来，可以和谁在一起说人坏话，说坏话自由到什么程度，实在不失为考察交情深浅的一个客观尺度。

## 难说“OK”

卡拉OK似乎是一种甚少负面效应的时髦消遣方式，不像游戏机，害得中小学生昏天黑地，不思功课；也不像跳舞，时而跳出个把第三者，招来众多的控诉。然而毛病也不是没有，单说一些卡拉OK的影带影碟，就实在让人不敢说“OK”。

制作卡拉OK影带或影碟，音像公司最讲究的似乎是画面的统一，即使一张碟中歌曲的题材形式五花八门，画面的统一，你放心，它们是绝对做得到的。所以有“浪漫金碟”、“柔情金碟”，又或“泳装金碟”，前者照例有一男一女在跑，在追，或者相依相偎，后者则每一首歌都是玉体横陈。有一张唱碟，总是“浪漫”之类吧，这壁厢正高歌“血染的风采”，那壁厢却是一双小儿女，一时他一时她，满脸惆怅幽怨，眼角眉梢都是恨。又一张，制作者似乎有意领我们参观水族馆，从头到尾让你待在海底世界，每一首歌里都浮荡着波光、水藻，更有各种鱼儿，任歌里的男女爱得如何缠绵悱恻，死去活来，肝肠寸断，它只自管自悠闲地游来游去。一曲“天仙配”倒是其乐融融喜气洋洋，结尾处董永和七仙女“双双把家还”过小日子去了，画面却是停在一条大鱼头部的特写——呆滞冷漠的鱼眼，不是死鱼也像死鱼的眼睛，倒好像那条鱼洞烛先机，已然知道二人的结局不妙。最滑稽又最倒胃口的是所谓“泳装金碟”，一概是过时的泳装加不美的美人。歌里正自深情款款，“明明白白我的心”，它那里却给你看一个身着泳装在步行器上锻炼的女子。健身房内为何要穿泳装不问也罢，又有一条似乎是帮助炼腹肌的带子兜在腰后不住震颤，浑身上下丰若有余地霍霍乱抖。都说脸是心灵的窗口，“寂寞女儿心”怕也只好将就着看看脸上的表情了，镜头却是将头脸一言表过不提，尽在身上各部位逡巡不去。我怕心是明白不了了，要明白，明白的也是肉。

鉴于泳装唱碟的套路一般无二，想来编导有一定的制作原则，而这原则我怀疑是从肉联厂一类出品的名称上得来的灵感——叫作“分部位小包装”：镜头自上而下于美女身体各部缓缓扫过，此之谓“分部位”；泳装仅遮一部不及其余，此之谓“小包装”。

## / 胆 量 /

形容某人遇事惊慌，常说他是“吓破了胆”。其实我们都知道，人之胆量大小，与肚子里叫作“胆”的那个玩意儿并无因果的联系。胆之吓不破，正如肺之不可能气炸。真是破了，问题也不大，许多人患胆结石开了刀，竟是把胆连锅端了，他若原先是胆大的，还是一样的胆大。

既然胆的尺寸、分量作不得数，我们判断一个人的胆量大小，就没有了客观的标准。什么样的人称得上胆大呢？在甲事上毫无惧色的人，在乙事上也许就畏畏缩缩，似乎每个人都有胆小的时候。什么都敢说的人未必什么都敢做，蝎子、穿山甲都敢吃的人，见到这些活的爬虫，也许碰都不敢碰，不怕打针的人也许怕吃药，不怕狗的人也许竟害怕四脚蛇。天不怕地不怕的人，也许见了他老婆就哆嗦，敢结队打群架的人，也许不敢一个人走夜路。

话虽如此，何为胆大，何为胆小，我们心里模模糊糊，倒也有个数。大凡常人不敢为而他敢为的，是胆大；常人不怕而他害怕的，那就是胆小。冯梦龙《古今笑》里记有一人，见了自己的影子，以为撞见了鬼，居然惊吓而死。韩愈有一次登上华山之巅，“穷极幽险，心悸目眩，不能下，发狂号哭，投书与家人别”。以为不能生还，留一封遗书，倒也没什么，因中途陡险竟至于吓得“发狂号哭”，这就是胆小无疑了。

胆小常被人当作茶后饭余的笑料，胆大却是值得炫耀的。众人畏葸不前的场合你挺身而出，就自有一分豪气，一分得意。但是胆大也不全是好事，胆太大了，容易妄为，胆大妄为的极致是为所欲为，为所欲为那就是无法无天了。行凶作恶的歹徒、贩毒走私的惯犯，多是胆大包天，也多是心狠手辣。所以从消极的方面说，胆小不过是可怜可笑，胆大有时却是让人觉得可恶而又可怖。相比起来，歹徒惯犯为祸尚不算大，大人物如是胆大妄为起来，那就要天下大乱，使千千万万的人遭殃。秦始皇下令焚书坑儒，胆子不可谓不大，结果是文化的一场劫难；希特勒要征服全世界，称得上心雄万夫，结果是世界大战，尸横遍野。

当然这是极而言之。对守法良民来说，就应该把胆子放大，特别是这竞争激烈的年头。竞争得有胆量，胆小了只能“闭门家中坐”。人和人在市场经济中“狭路相逢”，那是俗话说得好——“胆大吓胆小”。

# / 散　步 /

散步是赏心乐事，它似乎应该是悠闲人生的一部分。据说英国人嘲笑美国人没教养，不懂生活的艺术，证据之一就是美国人不会散步，他们在大街上行色匆匆，即在闲暇之时，也只会跑步，——那叫“锻炼”。

这当然是夸大其词，不过英国人比美国人更喜欢散步大约是真的。英国的小说里就常写到散步，而且那是不分阶层的，并非仅仅是文人雅士的韵事。劳伦斯《儿子与情人》里那位做矿工的父亲逢到休息日常同人一起散步十里，随处饮些酒，而后带了三分酒意唱着歌归来。毛姆《人性的枷锁》里的菲利普学艺巴黎，饭后茶余时而得到同胞的邀请，请他去散步。这让我很有几分羡慕。我们有请吃饭的，请上舞厅的，请洗桑拿的，请人散步却几乎没有。虽然是惠而不费的事，却正因不费，仿佛就师出无名。何况择人也是难事，饭馆歌厅，无须择人，初相识乃至不相识的人也可坐一处，寒暄应酬之外，反正口舌肠胃都有它运动的地方。散步至多是两三人的事，且又身心俱闲，如若同行者话不投机，或是言语无味，无话找话，那一路行去，真是无聊透顶了。

当然那些书上写的都是世纪初的情形，到了今天，即在英国，散步之风是否一如既往地兴盛，也就难说。单看我们这边，散步的人是越来越少了。倒不是没有闲暇的时间，实在是难得闲暇的心境。散步是随意的漫步，妙在无目的，并不是做什么，也并不一定要走到哪里去，然而生活的节奏愈来愈紧张，生活的内容日益功利化，似乎容不下什么没有目的的事情了。人们把闲暇时间献给了游戏机房、迪斯科舞厅，于机械单调的工作之后，求得一种刺激性的宣泄，就像是要把已经截然分作了两块的生活硬生生地再拼凑到一起。至于散步，那多少已经成为老年人的专利。纵使你想散散步，在大都市里也实在困难：地皮都用去盖房子了，火柴盒式的居民楼一幢挨着一幢，其间并未留下“都市里的村庄”，出了家门即是马路，人声鼎沸，红尘十丈。公园是有的，可惜并不是每个人都有福气做公园的邻居，特意骑车或是乘车到那里，买了门票进去散步，未免荒唐。这就难怪有人要有“无处散步”的慨叹了。

## / 嗜　好 /

老年人常得到这样的忠告：你该有个嗜好。嗜好是爱好，是“务虚”，与职业或通常所说的“正事”不相干。喜好体育的人下了班径奔球场，那是嗜好；足球运动员可能更沉醉于踢球，但那首先是他的事业，或是职业。从钱上面也可看出二者的差别，正事叫你苦苦赚钱，而嗜好几乎无一不是让你赔钱的勾当。

老年人已然退休，没了“正事”，正宜培养嗜好，消磨时光，颐养天年。将这道理反过来推，我们不难明白年轻人在这方面何以得不到更多的鼓励。年轻人不患无所好，患在嗜好太多，嗜好多，且陷溺其中，便容易走入玩物丧志的一途。“斗鸡走狗过一生，天地兴亡两不知”诚然是快活，但亦终是个“轻薄儿”。人生有限，沉迷于种种嗜好，不免荒了当务之急，用现成话说，便是“不务正业”。而且嗜好本质上亦是一种欲，“嗜欲无限，动静不节”，常常是灾祸的根苗。老年人不在其位，不谋其政，嗜好无可利用。在位的，如贪财，容易受贿赂；如好色，保不定就要中美人计，小说电影里提供的这类教训，正自不少。

既然嗜好与欲望分不开，避免犯错误之最干净利落的办法似乎便是修炼到无欲的境界——有道是“无欲则刚”。无欲的人，行得端，坐得直，不为名，不图利，“吃人嘴软，拿人手短”的事当然没有，而且摒绝了任何的诱惑，正可发奋忘食于他心目中的大业。这就差不多像武侠小说中内外兼修的高人，已炼成金刚不坏之身，从头到脚，再无一处可被对手抓住的弱点。但是这样的人“刚”则刚矣，却往往容易走到“刚愎自用”。

因为自己无欲（不管是一种自我想象，还是真的如此），也就容易倾向于断定或要求他人放弃一切欲望，不犯任何过失。可惜我们纵使嫌“人是两足无毛动物”的说法过于刺耳，总还承认人欲的存在，有些嗜欲实在是人情之常的范围。而且“人非圣贤，孰能无过”？

刻苦自励是不与己便，不与己便而肯与人方便的人是令人钦佩的，因为他既严于律己，又能通达人情。不与己便也不肯与人方便的人，多少难免“明于知礼仪，陋于知人心”之讥。这样的人我们也敬他，却是“敬而远之”。明人张岱说：“人无癖不可与交，以其无深情也；人无疵不可与交，以其无真气也。”此话太过，但“无癖”、“无疵”的完人朋友少，却也是事实。交不到朋友是他自己的事，无须我们操心，怕的是有的人往往因禁欲而陷于偏执，甚或弄到心理变态，若是手上恰好有生杀予夺之权力，那就非常之可怕。因为对人性期之过高，又绝对以正义化身自命，行事待人，自然入于苛严，历史上廉吏同时又是酷吏的，不是没有。《水浒》中的武松不近女色，不慕钱财，按照好汉们的标准，端的是一身正气，可是遇淫妇便要杀之而后快，并且要剜心掏肝，血溅鸳鸯楼，杀人十几口，女人也不放过，却让人觉着残忍。从心理学上分析，这样仇视女人，至少部分是因为禁欲导致了心理变态。

这样的“刚”，刚得实在让人消受不起。这样的人，人性偏枯，失其应有的润泽，我们宁愿他还是有些嗜好的好。

## / 攀 比 /

人生在世，谁都想活得好一点。《红楼梦》中有《好了歌》，瘸腿道人解道：“好便是了，了便是好”——“纵有千年铁门槛，终须一个土馒头”，功名富贵，过眼云烟，好与不好还有什么分别？然而这是“槛外人”的观点，我们“槛内人”难有这样的彻悟，总还是把这“好”字当回事。如何便算得“好”？我想过得好与不好，大约总是同旁人比出来的：活得比别人顺畅，或者至少是并不比别人差，这就要算是好，或是不孬了。人皆有向“上”之心，这样的比较通常是眼睛向“上”的，未尝不可以是一种广义的“攀比”。

说起来“攀比”竟是我们有意无意间常在进行的一项精神活动。同学聚会、朋友叙旧、邻里亲戚间的议论，乃至于路遇某位发迹的熟人，都可成为攀比的发端——倒好像从中可以找到是否活下去的理由似的。这一比就生出了得意与失意、优越感与自卑感。都说优越感要不得，可是人要活着，多少要有一点优越感来支撑，哪怕是阿Q式的优越感。你做了大官，也许我觉得那不是凭真本事；你挣了大钱，也许我觉得你过得没我安逸；你什么都有了，可你儿子不如我儿子有出息；你儿子有出息，可是未必有我儿子孝顺……这里有微妙的心理平衡——百般不如人，那还活个什么劲？

假如都循着这样“攀比”的法子，或者更进一步，认准了“一树一菩提，一花一世界”，各人守着多大的碗吃多少饭，而且粗茶淡饭与玉盘珍馐各有各的滋味，人人也就心安理得，心平气和。无奈这都是虚的，虚敌不过实。何者为“实”？曰地位，曰金钱。这大概算得所谓“硬杠杠”，因为带来好处看得见、摸得着，“官大一级压死人”，“有钱能使鬼推磨”，试想其他的种种，可有这样的“客观标准”？所以凡人的所有比较，最终怕是都要到这里落脚，而一落脚于此，绝大多数人不免感到沮丧——“攀比”一词因此总是给人吃力的感觉。

妙的是人是知趣的动物，虽然“天下无难事，只要肯登攀”，但谁肚里都明白，山尖尖上站不了几个人，所以大多数人的攀比是“取法乎中”的——他大略只是和同一阶层或者自认是同类的人比，结果是：比上虽然不足，这同类中的“上”却犹有可追。放眼玉盘珍馐，且吃粗茶淡饭——这实在不失为一种健康的态度，同时也真是社会的福音。

## / 风 气 /

风气这东西确是像歌里唱的，“像雾像雨又像风”，一阵一阵，来无影，去无踪。有一阵，戏里戏外都在“寻找男子汉”，“奶油小生”忽然变成地道的骂人话，沉默寡言、神情冷漠的高仓健被供奉为新的偶像，时髦的青年令人可疑地变得面带沧桑之色，尽量少说话、不说话，以示深沉。谁能料到几年后“深沉”玩不转，大家都玩起了“潇洒”呢？潇洒是任什么都不在乎，其显著标志似乎是滔滔不绝的耍贫嘴。于是我们发现周围的人脸上阴霾尽扫，从头到脚俱是轻松，而且忽然又变得话多了——就像是玩深沉阶段憋下的一肚子话要泻肚子似的一举出个空。

一种风气成为过去之后，我们看它总有几分可笑，可是在它“当道”之际却真是霸道的。在过去，风气之成常是因为上有所好。像楚灵王好细腰，手下的臣子“皆以一饭为节，胁息然后带，扶墙然后起”，便是显例。现在是没有“今上”了，然而时兴的风气无形中仍有某种强制性，你的言谈、举止以至衣着若是与之不合，便有落伍的嫌疑。其实在一种风气当中，只有某些人是如鱼得水的，大多数人不过是替少数恰好合于那风气的人充当了陪衬。既然如此，我们应不为一时的风气所动、所扰才是。可惜我们比不得孙大圣，借得定海神针，任你狂风骤起，我自岿然不动；也比不得特立独行之士，像但丁，能做到“走你自己的路，让人家说去”。大多数人勉为其难地想跟上趟儿，而这时代，风气又变得太快，动辄转向，于是我们不免要叹息“我不知道风朝哪个方向吹”了。

不管是一时、一地或是一个圈子里的风气，

对于被动地跟着走的个体，多少总有强加的性质，身在其中的人不能不委屈自己。像楚灵王的臣子是不用说了，饭不能吃饱，还要憋口气弄到肚皮贴了后脊梁再死命勒紧腰带，真是活受罪。还有一些因时尚而生的苦楚外人未道，是我忖度出来的。比如英国工业革命以后，妇女摆脱了繁重的劳作，可以闲逸地做“高贵的淑女”了。标准的淑女除知书达理、能歌善舞又擅长女红之外，还须体质娇弱、多愁善感，紧要关头必是“噢——”的一声便昏倒。自从理查生小说《帕美拉》中提供了这样一个样板之后，当时小说里、现实中昏倒的事件便频频发生。倒下的人都是弱不禁风到如此地步吗？怕是未必。赶时髦做昏倒状的，若是其时身边恰好有人，惊呼一声，闭上眼顺势一靠，倒也罢了。要是四无倚傍，昏倒又要做得逼真，不能像躺下，岂不是要弄到身上青一块紫一块？据说真的昏厥，倒地时是不知道疼的，怕就怕“半推半就”式的昏倒，摔痛了还不能出声，又要保持姿态的优美，那可真是难了。

# / 看 图 识 字 /

星期日在岳父岳母家里过，等饭的时间无事可做，看到桌上有一盒小侄子的看图识字画片，便拿过来重温儿时的勾当。先看图，再去揣度反面的字，有几分像猜谜。字当然都是认得的，偏要循着“图一字”的程序，这是舍易从难了。不想真的就被难住，有许多猜得“离题万里”。我要证明并非自家智商太低，实是画片编得莫名其妙，便将那些猜错了的挑出来，让其他人猜。果然不出所料，猜的人一一落入我布下的陷阱，有的一猜不中，再猜不中，三猜，还是不中。

有一张上面画一只拖一条大尾巴的松鼠，另

有一只老鼠，众人猜是松鼠，想想那是把老鼠丢下不管了，便抽象一下，道："鼠！"反面的字却是"尾巴"。有一张，画一顽童单足而立，一手指着跷起的光脚丫，大家猜："小孩！"反面写的是"脚"。画着几株枯树，又有一棵松树落满了雪的，都以为是"树"，结果是"冬"。有一张，上面是一小姑娘在房里开了窗托着腮朝外望，有人猜是房子，有人上了几回当，不敢太肯定了，疑疑惑惑地道："是'窗'？"都不对，却是一个"里"字——想来是小女孩在屋子里面。还有一张，画了一只穿蓝背心的兔子，两手抄在身后，闲庭信步的模样。画上并无别物，大家以为这一回是再不会错的了，都抢着道："兔子！"谁知翻过来看，竟是个"慢"。

猜了半天，几乎个个不中，都气馁了。气馁之外是愤愤不平，说编得实在不通。看图识字，顾名思义，图要能助人识字，图与字对不上号，还有何用？能对得上号的，大略限于名词，这编者野心也太大了点，像"脚"、"尾巴"这类尚且表示得不明不白，却还想把“去”、“慢”这样的动词、形容词画成实实在在的图，谁有这本事？当然他或者也有他的道理，比如兔子跑、纵跳，是快的，它走起来，散步似的，自然是“慢”了。但谁也不是编者肚子里的蛔虫，能够顺着他的肠子绕。若是意在跟我们兜圈子，耍我们，编者可以得一百分，虽然揭开谜底，我们没有恍然大悟之后的佩服；若是意在助孩子识字，那可是不及格。

当然我们知道，编者编这套东西，怎么说也不是想捉弄我们。

# 送礼的常识

《礼记》上说“无礼不相见也”。这里的“礼”不是“无礼不动”的礼，乃是指礼物。要拎了礼物才好见面，这就该叫作“见面礼”了。古人都送些什么礼呢？这很难说，要看为什么送礼。不管送什么，以礼物见心意或见情谊，大抵礼轻；有所请，有所托，大抵礼重。二者不好截然分开，通常的情况是，请托的成分越大，送的礼越重。过去学生送老师的礼我们是知道的，“束脩”者，十条干肉而已。“至圣先师”见老子时送的礼我们也从汉代的画像里确凿地知道了，是一只雁。《礼仪·士相见礼》载：“士人夫相见以雁。”——

都是象征性地送，送礼是礼仪的一部分。另一种情况则大不相同，有时候送礼差不多就等于行贿，比如某些情况下下级给上司送礼。最大的上司是皇帝，看看故宫所藏官员奉上的礼单，礼物之多之重，吓死人也。这叫作“进贡”，其实也就是大规模的行贿，进去的是财宝，出来的是高官厚禄，谁也不傻。

行贿成风之时，送礼也会跟着贿赂化。有的时候，何谓本意上的送礼，可以不谈，真是行贿，所图远人，也就罢了，最尴尬的是落在两者之间，送礼既非本心，所图又绝非不正当利益。比如动手术，少不得要给医生送礼，而且往往不是薄礼，心里未必情愿，所求不过是手下留情，“刀下留人”，然而多半要送；小孩跨学区进个学校，择校费之外，仍须有孝敬，原也是合法的事，但非送不可。

本人于送礼没有多少经验，但听得多了，也就知其大概：其一，宜重不宜轻；其二，宜早不宜迟。所谓“千里送鹅毛，礼轻情意重”云云，在此可以休矣。一切都可“量化”的时代，托人情当然也可量化。其实都是有行情的，比如进名牌小学，据说经手人那里，总得值一万之数，而且很多情况下，“礼”已是干脆货币化了。不知行情也不打紧，掌握一条——从“重”。有个朋友给儿子择校，为送礼大伤脑筋，想来想去，准备送两条中华外加两瓶五粮液，有过来人表示不屑，指点道：要不就别送，要送就要像个礼。言下之意，送礼而礼不重到一定的程度，就不成其为礼。这想来已成共识。

至于“宜早不宜迟”，却是由一同事的教训中得来。他前些时候得了阑尾炎，不开不行了。早听说生病而到了要动刀的地步，必须这厢有礼，于是与夫人关起门来商量大计。两人都是搞数学的书呆子，发现此事较推导公式复杂万倍。问题于是被分解为两个部分：其一，送什么；其二，何时送，怎么送。起初想医生是文化人，得有品位，便想送一精美花瓶，却为过来人劝阻，又想送红包，但怕不被接受，拒而不受，岂不难堪？最后终于买了两千元“向洋渔港”的餐券。第二问题更是烦人，送到家里，还是就在医院进行？事前送还是事后送？过去媒体上报道病人给医生送“妙手回春”的锦旗，都是在病愈之后，表示感谢，顺理成章，事先送将过去，似乎于理不合。商到最后也没有结果，那就见机行事吧。无奈机会总也不来，每见主刀医生，揣了餐券的夫人便不由得紧张，像是心中有鬼，应是该出手时就出手的，但她每次都觉得时机尚未成熟。有道是机不可失，时不再来，丈夫上了手术台，那餐券还是未能送出。主刀医生脸色难看，手术的结果也不大好，伤口愈合缓慢，还有炎症，痛得他在床上打滚。出院的前一天医生要找家属谈谈，他们终于觉得时机到了，便将餐券奉上。以为其难无比的事其实一点不难，医生笑纳了，并不推辞，且将出院后的注意事项殷殷相告。到最后，二人也不能断定手术的不甚成功，与送礼的迟早有无必然联系，不过不论如何，他们已就送礼得出结论：宜早，宜早。

此文写就，恰被老婆看到，不屑地摇头。说我的两条怎么看着像“严打”方针，岂不就是“从重从快”四字？此外送礼的艺术博大精深，送多送少送什么，何种人该怎样打点，必得拿捏得恰到好处，做来游刃有余不动声色，总之是“进乎技”了，那才是“艺术”。“你这是什么？小儿科，最基本的常识而已，还一付传道授业解惑，不惜金针度人的样子！”受此奚落，很没面子。但是，——然也，然也！遂将原标题中“艺术”二字，改作“常识”。

## / 保 险 /

读研究生时英语有一门精读课，课上细讲过一篇文章，题目已忘了，内容却还记得，是说作者如何患上了疑心病。这位仁兄不知干的什么行当，反正不是学医。有段时间，或者是心血来潮，或者是有小病想求甚解，总之忽然大看起医书来。医书上详列各种疾病的症状，起初尚看的是与己似有关联的部分，渐渐就扩大开去，什么都看，不多时医学知识大大丰富。科学知识不比人文的东西，客观得很，但他获得知识的过程却是由冷静到焦躁。真是不看不知道，一看吓一跳，事不关己也就罢了，他偏是反求诸己：书上的种种症状，他觉得自己几乎无一不备，那也就是说，他全身的器官，每一件都大成问题。这令他大为恐惶，去医院检查，却说是没病。但他相信自己的感觉，自从看医书获得了对疾病的自觉之后，他已觉察到胃疼、腹胀、尿频、气促、大便不畅……虽然查无实据，必是事出有因。于是再到书里去对照求证，发现尚有更多疑似，到最后，他发现除了妇科病，他已将各种疑难杂症集于一身了。

滑稽文章，不可当真。作者如何收的尾记不清了，只想那医书的编者再不会想到自家的书居然会有心理暗示的功用。俗话说“听话听音，锣鼓听声”，但常有“有心人”听走了调，结果是“世上本无事，庸人自扰之”，比如文中的这一位。

想起这文章是因为前些天整理抽屉，翻出了不知猴年马月坐飞机时买的保险。保险在中国是新玩意儿，保险公司推销得固然热闹，大多数人未必当回事，坐飞机买保险更觉形同苛捐杂税，能不买则不买。我当时肯定是不得已才买的，哪里会去细看？这一次也是心血来潮，丢弃之前居然瞄了一眼。不看犹可，看了哑然失笑。那“意外伤害保险单”上除赔付金额、注意事项之外，最让我眼界大开的是有一详细的“给付比例表”，上面密密麻麻，开列计有三十项，一栏写着“伤害程度”，一栏是“最高给付比例”。“伤害程度”中从最严重的“身故（死亡）”到最轻微的“一手拇指及食指机能永久完全丧失”，应有尽有。“十手指缺失”如何，“十足趾缺失”如何，“一目永久完全失明”如何，“两眼眼睑显著缺损”如何，“一上肢或一下肢三大关节中有一关节之机能永久完全丧失”如何，“一手含拇指或食指有三个或三个以上手指缺失或机能完全永久丧失”又如何……一概明码标价。尽管常听说飞机失事或有劫机之类的事情发生，我却从未意识到坐飞机有什么危险，这保险单不读也罢，一读倒觉得坐飞机很不保险了。三十项把三十种可能的风险推到你面前。真得庆幸我不是那个自觉浑身是病的英国人，否则日后飞机是坐不成了。

整个晚上，傅聪都虎着脸，很不高兴的样子。到最后观众长时间鼓掌，显然还希望加演曲目，他只出来鞠了个躬，就这似乎还很不情愿，脸上见不到一丝笑意。最糟糕的是上半场演奏到一半时，他被台下的嘈杂、手机铃声，还有时不时出现的闪光灯搅得心烦意乱，忍无可忍了，发作起来。我听他朝台下说了两句："请不要拍行不行？再拍我就不弹了！"这是对用手机拍照的人发话。过一会儿又停下来道："请尊重音乐！"我猜这以后主持人一直处在惶恐状态，担心傅聪当真"罢工"。幸而音乐会好歹还算是进行到底。

这是前几年的事，南京开纪念傅雷的会，傅聪显然是冲着父亲的面子来的。时过境迁再说这事，实因一直觉得不知该怎么说。类似这样的尴尬场面在我们这边已不是一回两回，据说又几年前傅聪在深圳一次演奏会上也光过火。我自己就遇到过好几回。有次坐在前排，清楚地看到台上那位法国钢琴家在嘈杂声中一边弹一边不住地摇头，表情里有无奈有嘲弄。另一次是在人民大会堂，地方大，局面更加混乱，观众当中有无数的琴童，家长在指挥，“站前面去，看人家的指法”，于是就见一大帮小孩跑到乐池前。演奏者是个加拿大华裔女钢琴家。她停下来，对台下说了大约五分钟，满面怒容。中心意思是，她在世界各地许多著名音乐厅演奏过，包括卡耐基音乐厅，从来没见过这样的观众。演奏后来还是继续下去，在一种怪异的气氛里继续。

我曾在报上分别读到过两位女作家谈此类现象的文章，如出一辙地对观众不懂音乐、素质的低下表示不满。我的尴尬在于，一方面因音乐会的嘈杂声不胜其烦，另一方面，当那个女钢琴家大声呵斥之时，我觉得自己也被冒犯了。此外，论到民族素质、文明这样的大题目而拿音乐会的秩序说事，我多少也觉得有点上纲上线。过去在戏园子里，观众跷着二郎腿嗑着瓜子听戏，很难说那就是不文明，西装革履正襟危坐才是文明，不同的习惯而已。倘共同的标准、共同的习惯一时不能形成，不妨就守着礼貌的底线。当然何为礼貌何为不礼貌，又涉标准问题，依我看来，不同的人群交往，礼貌的依据就是“入乡随俗”。入乡随俗不仅是地域的概念，它也体现在其他方面，西方古典音乐的故乡在欧洲，听西乐，我们就该照老外的规矩来。当然在我们这边，这样随俗要比别处华人世界难得多。别处是乐迷才来听，就算是附庸风雅之辈，也是做好了遭罪的准备的，不像我们，每场音乐会都会进来半数以上不相干的人：学琴的小孩被家长逼着来；得了赠票的人弃之可惜，不来白不来。这也是一种“国情”，或曰一种“俗”。这样的“俗”，还是改改为好。

# / 我 家 住 在 黄 土 高 坡 /

上世纪八十年代有一阵子，歌坛上时兴“西北风”，“信天游”加上流行元素，满世界唱“我家住在黄土高坡”。当然，是对“乡土”的一种演绎，爱恨情结似乎倒也说不上。写歌、唱歌、听歌的人都在城里，所以是一种代言，到黄土地旅游可能是有兴致的，当真要住在黄土高坡上，恐怕没一个愿意。

如果可以选择，我们想住哪儿呢？地产开发商给新起楼盘的命名也许暗示了某种向往：“枫丹白露”、“西堤国际”、“玛斯兰德”、“威尼斯水城”、“摩尔特区”、“莱茵东郡”、“塞纳丽舍”、“拉德芳斯”、“玛格丽特”……这样的命名似乎异想天开，见出开发商的趣味，不过房子是拿来卖的，所以归根结底，还是对买房人心理的揣摩拿捏，可以看作给消费者代言。

据此判断，不少人是想住在欧洲，因为大致的指向是那里。枫丹白露，巴黎郊区的皇家行宫；拉德芳斯，巴黎新城区，在凯旋门就可以看到那边摩登的楼群；威尼斯，当然不用说，不知有多少地方有“某某威尼斯”之号。余下的所指虽不分明，却也不难猜测。比如“西堤国际”，因为附着 Cite 字样，也就知道是“影射”巴黎圣母院所在的西岱岛。莱茵河流经好几个国家，“东郡”不知在哪里，既然河大半在德国境内，那就是德国吧。“塞纳丽舍”则显然是仿香榭丽舍，只是这“丽舍”在塞纳河边。“玛格丽特”、“玛斯兰德”，不知何所取义，既是欧式别墅，就当是欧洲好了。最令人困惑的是“摩尔特区”，“摩尔人”多指中世纪居住在伊比利亚半岛、非洲西北地中海沿岸的穆斯林，开发商难道以为买房者对伊斯兰建筑感兴趣？

从前有人戏言人生理想："娶日本的老婆，用中国的厨子，住英国的房子。"意意思思让住所和欧洲沾上边，恐怕与"英国的房子"关系不大，虽说欧洲的确是适宜居住的地方。若不用担心爱国与否的问题，就得承认那里的天比我们这儿的蓝，环境比这儿的好，房子比这儿的舒适漂亮得多。但北美、澳洲也不孬呀，怎么就盯着欧洲说事儿呢？想来是觉得"新世界"没底子，"欧洲"就不同，透着有文化、浪漫，关键是，还很"贵族"。

推敲命名的来历实在是多余的，"所指"不明其实无关紧要，重要的是"能指"——谁会去坐实呢？不管"玛斯兰德"还是"塞纳丽舍"，反正都暗示了洋派、高雅、尊贵，这就够了。糟糕也就糟糕在这里：都是凭空而来，没一个接得着地气，与那块地方的关系，就像黄土高坡和花园洋房一样，风马牛不相及。原本是要显示来头大的，结果没一点来头。

“你家住哪儿？”答曰：“我家在莱茵东郡。”或“拉德芳斯”——不知别人听了怎么想，我总觉得蛮不是那么回事儿，别扭。

## / 照片是一个pose /

我极喜看老照片，老照片常可让回忆生动起来。不过，假如我们的记忆只凭照片来引导、来进行，那就大成问题。

不是当事人，解读就完全是两码事。“文革”年间那些“形势大好”的照片之虚假，不用说它，只说私人的照相簿吧，单根据里面的照片去判断，差不多人人都有一幸福家庭。老托尔斯泰说“幸福的家庭都是一样的，不幸的家庭各有各的不幸”。“全家福”都是一样的，可以印证前一句，后一句在照片里通常得不到反映。多年前翻看过京城著名雅痞洪晃一本自传性的书，有一处印象很深，说她小时印象最深的就是父母间“要出事”的恐怖感觉，躺在床上假睡，听父母往死里喊着打架，待推门进去，两个人仿佛话已说完，有一个在哭。这便是她关于父母两人在一起的唯一记忆。在照片上，可以看到父母带她去过公园、划过船，但记忆里这些一点不剩。可见有时候照片和记忆，完全悖反。

没错，如其照相是主动的行为，那它经常就是一个pose。不能说没有一点真实，但那是一种选择性极强的真实，或者是愿望的真实——希望自己是照片中的那个样。登峰造极者，当然就是所谓婚纱摄影。不管平日如何灰头土脸，摄影师必能借助光线、角度，还有化妆术、一大堆行头，整出一对“璧人”。外人非得“刮目相看”，方能认出影中人的真身。我有个学生有点愤世嫉俗，他父母年轻时没赶上趟儿，前不久才补拍了一套婚纱照，据说奔五的人了，照片上却是很光鲜，而且很甜蜜的样子。“其实哩，头一天晚上还在摔盆打碗，闹得鸡犬不宁”，学生恨恨地说。

我告他吵架和有无感情是两码事，此亦一真实，彼亦一真实。他犹不能释然，不知怎么还牵出了择偶条件，宣称日后坚决不拍婚纱照，如女方坚持，那就免谈。这是好多年前的事了，现在早已结婚，并且生子，也不知那条非常具体的择偶“原则”，是否坚持到底。

说到吵架，那也许是家庭生活中的必修课，迄今为止，我还没看到谁的相册里有这方面的记录。即使最有幽默感又最喜将照相当记录手段的人，也是空白。没有谁会吵架吵到一半突然停下，想到去操起相机，有之，则一定是滑稽到家的人物。无奈记忆有自己的逻辑，所重不在pose，乃在内心的体验，记忆中挥之不去的，往往是所谓“阴暗面”。谁愿意记下“阴暗面”呢？多半是冷眼旁观的局外人。上世纪七十年代初安东尼奥尼来中国拍过一个纪录片，后来被骂得狗血喷头，他倒也不是居心叵测，不过是把类似吵家之类的事记录在案。

昨天在街头看到一位业余的“安东尼奥尼”，

是个白人老大妈，看到几个中国老大妈在街边支了张桌子在打麻将，可能是觉得有趣，端了个傻瓜相机要拍。中国老大妈察觉，有一位笑着阻拦，操了南京话道：“就是玩玩哎，又不是来钱。”白人老大妈听不懂中文，很尴尬地站在那里。这里面肯定有点误会：中国老大妈大约把自家所为当作“阴暗面”，很爱国地守着不让人看。

## 秩序（代后记）

很羡慕那些做事有条不紊的人。每到什么要紧东西找不见了，某件极简单的事不知怎么就弄得一团糟了，又或因同时招架几件事搞得手忙脚乱不可收拾了，这种羡慕之情便来得尤其强烈。与此相伴的往往是一通自知不甚靠得住的赌咒发誓：秩序——要建立一套生活秩序。早些年我对秩序似乎并无如此强烈的渴望，按照那时模模糊糊的浪漫想头，做事井井有条意味着因循、刻板、缺少创造性；随便、散漫、杂乱无章倒是伟人的标记，或是日后可成大器的征兆。马克思的书房不就乱得一塌糊涂吗？而今虽然尚不到“不惑”之年，有一点我倒是提前解了“惑”：要做伟人、成大器，大约是没什么指望了。一旦明白这一点，我的无序状态在我眼中便再不是为名人逸事预备下的资料，不是可以不拘的小节，而是十足的大毛病了。

我怀疑是有一种叫作“秩序感”的东西，正像球员的“球感”，游泳运动员的“水感”一样，而秩序感似乎是天生的。有秩序感的人天然地能赋予他的生活一种秩序，做事总是从容不迫，安排得停停当当，仿佛顺理成章、水到渠成，他们不会隔三岔五地丢东西，不会一而再、再而三地向同一个人索要电话号码，不会乘火车跑错了登车地点，不会三天两头为误了事急得跳脚。甚至从外表上也可以看出一个人有无秩序。我曾经在熟人中做过细致观察，雨天行路，凡有条理的人，裤管上必无多少泥迹，而杂乱无章的人必是拖泥带水。某次雨天出门，我着意小心，不想回到家仍是裤管上斑驳陆离，直到膝弯处，这使我越发相信秩序感的与生俱来。

当然看一个人是否有秩序，最可靠的法子是

做家访。秩序就是各在其位，有几个朋友的家，最让我艳羡处就是那里的东西总是待在应该待的地方，而主人似乎并未为了维持这局面劳神费力。我住所里的东西则总是发生自己也意想不到的“错位”，而每每发狠整肃一番之后，不几天，复天下大乱，乱到找张椅子坐下也要东塞西挪。有时候我不得不承认，那的确有几分像将要离家逃难的情景。所以虽然很乐意到朋友家去聊天，却雅不欲不甚知道底细的朋友“光临寒舍”。极熟的朋友，想遮掩也是遮掩不了的，而且乱到一定的程度，再乱一点也就看不出来了。但是不是常来常往的人，少不得就要做点样子，事先有约的，得手忙脚乱拾掇一阵；不速之客，要做一点防卫性的解释，——倘若真是不凡的人，也许就想不到费这番口舌了，既是凡人，就不得不对眼前不平凡的混乱景象有个交代。这样的交代有无说服力，多半取决于来人是否第二次登门。有一回来了个很熟却未上过门的朋友，我因势利导，只指天划地外加摇头叹息即表过不提了——“指天”是那天天花板掉下老大一块石灰，“划地”是地板革破了，翻翘起一大块，叹息是表示这才乱成这样。可是过几日这朋友又来了，我的房间只有比上次更乱，过去的解释自然作废，也懒得再寻托词了。

有熟人打哈哈说，乱有乱的好处，乱容易让人产生灵感，太有秩序，意外也没有，那才单调无趣。我从未因乱生出什么灵感，有的只是烦躁。因混乱而生的意外倒是屡有发生，有一次还是意外之喜。是翻一本书，忽在书页间发现一张五十元的钞票，想是过去看此书时随手用作书签，忘了。当时的欢喜，就像是天上突然掉下了馅饼。有一就会有二，或者还会有三、有四？鬼使神差，我抱来一大堆看过的书，希望会不断有所发现。我怀疑如果那次再寻出五十元，哪怕是十元、十元的那么几张，我就会彻底推翻原先关于秩序的见解，重新安于混乱。事实是，翻了半小时之久，找到的不过是几张角票。于是我更坚定地相信，我必须建立一种秩序。

**图书在版编目(CIP)数据**

伸懒腰的学问／余斌 著.—桂林：广西师范大学出版社，2016.1

ISBN 978-7-5495-7002-7

Ⅰ.①伸… Ⅱ.①余… Ⅲ.①随笔-作品集-中国-当代 Ⅳ.①I267.1

中国版本图书馆 CIP 数据核字(2015)第 159752 号

出 品 人：刘广汉
责任编辑：黄 越
装帧设计：黄 越
版式设计：许 菲

广西师范大学出版社出版发行
(广西桂林市中华路 22 号 邮政编码:541001
网址:http://www.bbtpress.com)

出版人:何林夏
全国新华书店经销
销售热线：021-31260822-882/883
山东鸿君杰文化发展有限公司印刷
(山东省淄博市桓台县寿济路 13188 号 邮政编码：256401)
开本：787mm×1 092mm 1/32
印张：9.25 字数：118 千字
2016 年 1 月第 1 版 2016 年 1 月第 1 次印刷
定价：40.00 元